정미정이 제안하는 21세기 여성의 에너지

진 화

정미정이 제안하는 21세기 여성의 에너지

진화

정미정 | 지음

나무생각

정상까지 얼마나 남았어요?

등산할 때 누구나 한 번쯤은 던져본 질문일 것입니다. 더구나 그 산행이 혼자 가는 초행길이라면 두려움과 초조함은 더욱 클 것입니다. 그럴 때 먼저 정상에 올랐던 사람의 조언만큼 큰 위로와 희망을 주는 것은 없습니다.

"조금만 더 가시면 돼요. 저 고개만 넘으면 나와요."

지금 이 시간에도 수많은 여성들이 두근거리는 가슴을 안고 사회의 문을 두드리고 있습니다.

입사 시험을 치르고 수습 기간을 거쳐 정직원이 된 후에는 누구에게도 침범당하지 않는 자기만의 자리를 만들기 위해, 모든 사람들의 인정을 받기 위해 앞만 보고 뛸 것입니다.

그런가 하면 결혼과 육아, 직장생활을 잘 병행하려면 어떻게 해야 할까…… 심각한 고민에 빠진 여성들도 많겠지요.

그럴 때는 가정생활도, 사회생활도 먼저 한 선배들의 경험담이 큰 힘이 됩니다. 경우나 상황은 다르지만 그들이 앞서 헤쳐 나간 세상의 정글 스토리에서 지혜를 얻고 위안을 받을 수 있기 때문입니다.

여기, 씩씩함과 명랑함을 무기로 세상을 향해 도전장을 내민 한 여자가 있습니다.

스스로 '촌년'이었다고 말하는 어린 시절, 화려하게만 보이는 아나운서였지만 포대기로 아이를 업고 눈물 흘리며 대본을 외던 워킹맘 시절, 그리고 명함에 CEO라는 알파벳을 새겨 넣기까지 그가 걸어온 시절과 상황과 심정이 상세하게 담긴 보고서가 있습니다.

아직은 정상에 서지 않았다지만, 성공을 말하기에는 이르다지만, 그녀의 솔직한 이야기는 길을 묻는 수많은 그녀들에게 따뜻한 격려인 동시에 든든한 내비게이션이 될 것입니다.

— 이금희 **방송인**

변화를 두려워하면서도 갈구하는 여성들을 위해

인류의 절반을 이루고 있는 여성들이 사회에, 그리고 인류의 역사에 어떤 영향을 미쳐왔을까? 또 앞으로는 어떠한 영향을 미칠수 있을까? 이를 곰곰이 생각하다 보면 허투루 흘려버리는 시간이 너무 아깝습니다.

더 소중히 해야 하고, 더욱 큰 가치를 두어야 하는 것이 우리 인생임을 다시 한 번 깨닫습니다. 또 나 하나만 생각할 것이 아니라 이 사회 속에서 함께 성장해 나가야겠다는 결심도 섭니다.

나를 둘러싼 가족, 친지, 친구들이라는 작은 조직 안에서 얻는 경험만으로 인생에 대한 가치와 철학을 정립해 나가는 것은 자칫 탐욕적이고 이기적인 삶으로 흐를 수 있는 위험이 있다고 생각합니다.

그런 의미에서 정미정이라는 한 여성이 자신의 안전지대를 탈피하여 새로운 길을 찾아 지속적인 성장을 이루어가고 있는 것에 박수를 보냅니다.

　　아나운서라는 안정된 직업을 벗어던지고 기업으로 뛰어드는 모험을 시작하더니, 이제는 한 기업의 대표로 새로운 인생을 시작하고 있습니다. 또한 후배들을 위해 이렇게 책을 마무리 짓는 모습은 나에게도 큰 자극이 되고 새로운 도전을 던져주는 축복입니다.

　　변화를 두려워하면서도 갈구하는 여성들, 일을 통하여 세상과 만나기를 희망하는 여성들, 지금 하고 있는 일에서 슬럼프에 빠져 있는 여성들, 가정과 일 사이에서 고민하는 직장 여성들, 미래의 세상과 노년을 걱정하는 여성들, 인류의 절반이 여자라는 사실에 눈뜨는 모든 남성들에게 이 책을 권합니다.

— 김여옥 **컨설턴트, 이든네이처 고문**

3장

변신

4장
성장

5장
행복

오늘 나는 행복하다

태풍의 영향으로 며칠째 전국에 비가 내리고 있다. 우중충한 날씨엔 차 안에 더 신나는 음악이 울리도록 맞춰놓고 출근을 한다. 그러고는 머릿속으로 오늘 내가 해야 할 일과 만나야 할 사람과 아침 회의 때 챙겨야 할 것들을 그린다.

비가 그쳐가는 먹구름 사이로 조막만 한 파란 하늘이 빼꼼하게 얼굴을 드러낸다. 순간 내 마음이 환해진다. 유난히 파란 하늘이 더 크게 눈에 들어오는 것은 아마도 오랫동안 기다리고 보고 싶어 했던 마음 때문일 것이다. 무언가 간절히 원하고 바라며, 집중하고 또 집중해서 마음이 닳아질 것 같은 마음.

이력서 몇 장을 들고 학교 게시판 앞에서 초조한 마음으로 서성거리던 때가 있었다. 처음으로 자기를 상품으로 내어 보이는 가난하고 떨리는 마음은 이력서를 여러 장 써본 사람만이 안다.

1989년, 그때에 우리들은 학교를 졸업하면 괜찮은 남자 만나서 시집을 가거나 대학원에 진학하거나 독립을 위한 최소한의 기반을 마련하기 위해 직장에 취업하는 일 외에 다른 길은 없다고 생각했다.

모두 비슷한 길을 가고 있었지만, 이리로 이렇게 디뎌서 오라고 조언해 주는 사람은 없었다. 그래서 두려운 마음을 안고 낯선 개울의 징검다리를 더듬더듬 건너야만 했다. 때론 헛디뎌 물에 빠지기도 하지만 다시 털고 일어나, 감히 더 크고 넓은 강으로 나아가길 소망하던 때가 있었다.

어쩌면 이 책은 내가 헤치고 건너온 직장과 사회라는 개울과 강에서 엄마로, 아내로 그리고 일하는 여성으로 살아오며 부대끼고, 절망하고, 넘어진 상처와 그 상처의 딱지들에 대한 이야기이다.

"엄마처럼 살진 않을 거야!"를 외치던 내가 딸에게서 "난 엄마처럼 살고 싶어."란 말을 들었을 때, 내가 걸어온 시간과 경험이 뒤에 오는 후배들을 위해 도움이 될 수도 있겠구나 하는 생각이 들었다. 그리고 지금 함께 걸어가고 있는 후배들과 동료들에게 위로를 주고, 힘들고 어렵지만 반드시 꿈을 이룰 수 있다는 희망과 믿음을 이야기하고 싶었다.

"인생을 헤쳐 나가는 데 간절함과 열린 마음만 있다면 우리는 자기향상을 꾀할 수 있고 진화를 거듭할 수 있습니다. 진보와 발전은 우리가 세상에 내던져진 이유입니다."

얼마 전 오프라 윈프리가 스탠포드 대학교 졸업식 축사에서 한 말이다.

우리의 삶은 절망과 희망 사이의 담 위를 걷는 것과 같다. 둘 다 언제든지 우리에게 올 수 있다.

그런데 우리는 모두 실패를 두려워하고 성공하고 행복하길 원한다. 하지만 나는 성공보다 값진 건 그것을 위해 노력하는 과정의 경험들 ―인내, 마음고생, 절망으로부터 자신을 지켜내는 일 등― 이라고 생각한다. 비록 그것이 실패한 경험일지라도, 그러한 경험들을 통해 우리가 더 지혜로워지고 앞으로 나아가고 있다면 우리는 분명 진화해 가고 있는 것이다.

"우리는 날마다 우리답게 됨으로써 우리의 영혼을 비옥하게 만든다. 풍요로운 내적 지혜는 재물보다 소중하다. 그 지혜를 소비함으로써 우리는 더욱 큰 부자가 된다."

오늘도 오프라의 이 말을 음미하며 삶의 고삐를 다잡는다.

■

합격자 명단을 확인하던 순간을 잊을 수 없다.

성공이라는 것이 목표한 일을 무사히 달성하는 것을 가리키는

말을 뜻한다면, 이것은 그 기록의 서두가 될 것이다.

■

■

■

1장

도전

니 꼭
성공해야
한다잉

아나운서 출신, 한때 중견 기업 CEO, 두 아이의 엄마, 성공한 여성, 도전하는 삶 그리고 언제나 다시 출발을 꿈꾸는 여자.

나 스스로 동의하기 힘들지만 사람들이 성공 스토리로 엮어버린 나를 따라다니는 메인 카피다. 그건 마치 피 흘려 싸운 전투에서 겨우 살아나온 사람에게 월계관을 씌우는 것만큼이나 어색하다.

나는 1960년대 전남 광주산이며 1980년대 화염 연기 속에서 대학을 다니면서 오직 나의 미래만을 고민했고, 졸업 후에는 취업 사냥꾼이 되어 수십 장의 이력서를 뿌렸으며, 전남 여수에서 초등학교 6학년 2학기를 마치고 상경한 이래 서울 시민으로 살아온 사람이다.

그 시대 서울로 상경한 학생이라면 누구든 그랬겠지만, 조국 근대화의 꿈과 어머니의 못 다 이룬 꿈이 우리들에게 얹혀 있었다.

기차역에서 나를 배웅해 주던 초등학교 친구들은 내게 손을 흔들며 말했다.

"니 꼭 성공해서 온나잉~"

그때 열세 살 내 가슴속에 깊이 와서 꽂힌 말, 성공!

"딸이어도 배워야 한다. 아니, 아들 이상 배워야 한다!"

유복한 가정임에도 딸을 망칠까봐 학교에 안 보내려 했던 외할아버지 때문에 돈을 훔쳐 몰래 배를 타고 광주에 와서 고등학교에 들어간 어머니의 무용담은 들을 때마다 간담이 서늘해지곤 했다. 그렇게 스스로 인생을 개척해 나갔던 어머니는 항상 내게 이렇게 말했다.

"니는 잘해부러. 한다문 한당께. 꼭 성공해야 한다잉~"

외할머니는 딸 부잣집의 셋째로 태어난 내게 언제나 '덤'이라고 했다. 아마 할머니에게 나는 막내 남동생을 낳기 위한 과정에서 생긴 부산품 정도였을 것이다. 아들을 못 낳은 어머니는 남동생을 낳고서야 부뚜막에서 밥을 먹는 신세를 면했다고 한다. 믿기 어려웠지만, 교과서의 현실과 너무 다른 어머니와 할머니 세대의 전설을 귀에 못이 박이도록 듣고 자란 나는 스스로도 의식하지 못한 채 여전사로 커가고 있었다.

극성스런 어머니의 손에 이끌려 서울행 기차를 탄 뒤 좌충우돌 나의 서울살이는 시작되었다.

여수 스탠다드에서 서울 스탠다드로 삶의 이행. 그것은 지금으로 치면 미국 유학 이상이었다. 당시엔 다들 서울로 서울로 모여들어 그야말로 서울 러시였다. 시골 사람들에게 서울은 동경과 미지의 도시였다. 깍쟁이 서울내기들 속에서 살아남으려고 애썼고, 지방에서 올라온 티를 내지 않으려고 안간힘을 썼다. 하지만 그런 내 행동이 머쓱해 머리를 긁는 일이 한두 번이 아니었다.

나는 서울말을 흉내내려고 말끝을 올려가며 콧소리를 내보기도 하고, 밤에는 연속극을 보며 서울말을 연습했다. 워낙 흉내를 잘 내서 그런지 나는 아이들과 금방 어울리며 서울 생활에 익숙해졌다. 그러나 딱 한 가지 지금도 얼굴이 뜨거워지는 일이 있는데, 나의 발음 때문에 한동안 '고바우영감'으로 불려진 일이다.

칠판 앞에서 수학 문제를 풀던 때였다. "육 곱하기 오는……." 하는데 아이들이 자지러지는 것이다. 뭔가 이상해서 다시 "육 곱하기 오는……." 하는데 이번엔 선생님까지 웃는 것이다. 알고 보니 전라도 사투리 발음으로 곱하기를 '고바기'로 한 게 문제였다. 전라도에선 육학년을 '유캉년'으로 읽지 않고 '유강년', 입학은 '이팍'이 아니라 '이박'으로 발음하는 습관이 있는데 얼떨결에 나온 '고바기' 때문에 한동안 '고바우영감'으로 불렸다.

그렇게 서울 생활 10년을 보내고 대학 졸업반이 되었을 때다.

대학을 졸업할 무렵, 우리 형제들은 반드시 셋 중 하나에 속할 준비를 해야 했다. 취업, 대학원, 결혼.

모두가 취업을 원했지만 괜찮은 직장을 잡기란 예나 지금이나 쉽지 않았다. 나는 취업 준비를 위해 매일 도서관을 오가며 나름대로 치열한 각오로 4학년 2학기를 보내고 있었다.

"미정아, 너는 목소리가 좋으니까 아나운서 해봐."

친구의 얘기를 듣는 순간, 잊고 있었던 추억 하나가 떠올랐다. 어렸을 때 라디오 방송 노래자랑에 나가서 보았던 아나운서 아줌마의 모습이었다. 부드러운 미소와 마치 노래하는 것처럼 들렸던 낭랑한 목소리, 품위 있는 말솜씨는 어린 나를 얼마나 황홀하게 했던가…….

'정말 한번 도전해 볼까?' 하는 마음이 들면서도 한편으로는 '나 같은 촌년이 되겠어…….' 하는 비관적인 생각이 나를 짓눌렀다. 전라도 출신이라 표준어 구사가 자연스럽지 않고 얼굴은 양파처럼 동그랬다(어릴 때부터 내 별명은 일본 말로 다마내기였다). 이런 내가 아나운서가 될 수 있을까 싶었다.

하지만 나는 어느새 언론사 입사 시험을 준비하고 있었다. 그렇다고 반드시 아나운서가 되고야 말겠다는 생각이 있었던 건 아니다. 취업이라는 불이 발등에 떨어졌을 때 친구 따라 강남 가듯이 여럿이서 함께 도전을 해보기로 한 것이다. 언론사 입사가 당시로서는 가장 현실적인 대안 가운데 하나였고, 그 중 여자들에게 그나마 유리한 분야가 아나운서였기 때문이다.

그래도 어린 시절에 묻어두었던 꿈이 나도 모르게 강한 힘으로 나를 이끌고 있었음을 부인할 수 없다. 꿈이란 이렇게 대단한 것이다. 내 무의식 속에서 현실의 나를 서서히 긍정의 방향으로 움직이도록 하니 말이다.

친구들과 언론사 시험 대비반을 만들었다. 영어 시험을 위해 《타임》지를 가지고 매일 스터디를 하고 시사상식 문제를 함께 공부했다. 지금은 아나운서 시험 준비를 위한 전문학원까지 있지만, 그 당시엔 독학이 방법의 전부였다. 여자 아나운서들의 뉴스를 녹음해서 아침마다 따라 읽었다. 심지어 화장실에 앉아서도 신문 앞면을 소리내어 모두 읽고 나와야만 직성이 풀릴 정도로 표준어 구사연습을 했다. 집에선 모두가 전라도 사투리를 쓰는데 나 혼자만 열심히 서울말을 써댔다. 식구들이야 비웃든 말든.

방송사 취업을 대비하는 한편 언론사 문을 두드리며 기자직에도 응시했다. 실력이 안 되어서인지 메이저 신문사는 보는 곳마다 떨어졌다. 시골 출신인 나는 아는 사람도 없고 정보에도 취약했다. 거의 맨땅에 헤딩하는 격이었다. 그러나 이미 시작된 전쟁이었다. 나는 내 능력으로 반드시 합격의 관문을 뚫어야만 했다.

드디어 시험날이 되었다.

1차 시험을 보고 합격. 2차, 3차까지 모두 통과해 마침내 KBS 공채 16기 아나운서로 입사하게 되었다. 훗날 둘째언니 얘기를 들으니 내가 아나운서가 된 게 자기에겐 기적처럼 보였다고 했다.

합격자 명단을 확인하던 순간을 잊을 수 없다. 날카로운 무엇이 등줄기를 훑고 지나가는 듯한 느낌은 아마도 제대로 한번 해냈다는 쾌감이었을 것이다. 성공이라는 것이 목표한 일을 무사히 달성하는 것을 가리키는 말을 뜻한다면, 이것은 그 기록의 서두가 될 것이다. 여수에서 상경해 10년 만에 이룬 쾌거였다.

'니 꼭 성공해서 온나잉……'

고무줄 통치마에 바가지 머리를 한 어릴 적 고향 친구들이 내 가슴에 담아준 덕담……. 가끔 영혼의 다락방에 들어앉은 듯 혼자 이런저런 상념에 젖을 때면 그 말이 떠오르곤 한다.

나는 내가 얼마나 멀리 갈 수 있을지 모른다. 그러나 가야 할 길이 이제부터라는 것을 나는 잘 알고 있다.

여수 똑순이,
아나운서가
되다

명랑, 적극, 활발.

초등학교 시절부터 내 성적표 행동발달 면에는 언제나 이 세 단어가 따라다녔다. 얼핏 들으면 매우 좋아 보이는 말들이지만, 생각해 보면 나는 무척 드세고 의욕이 넘치는 극성맞은 아이가 아니었나 싶다.

1남 4녀 중 가운데였는데 하고 싶은 일이 있으면 반드시 하고야

마는 적극적인 면이 강했고, 불의를 보면 참지 못하고 반드시 바로 잡아야만 직성이 풀리기도 했다.

어릴 때는 마당에 있는 감나무에 올라가다 떨어져서 애가 별스럽다고 어른들에게 야단을 맞기도 했다. 학교에서 여자애들을 괴롭히는 남자애들이 있으면 여자애들을 떼로 몰고 가서 혼내주기도 다반사였다.

한번은 동네에 원숭이를 데리고 다니며 약을 파는 아저씨가 들어왔는데, 혼을 빼놓는 입담과 원숭이의 재주가 어찌나 신기한지 하루 종일 아저씨 뒤를 졸졸 따라다닌 적도 있었다. 정신을 차려보니 생전 가본 적 없는 낯선 곳이었다. 그때 집을 못 찾았으면 어쩔 뻔했는지 지금 생각해도 아찔하다.

초등학교 5학년 때 내 인생에 큰 변수를 가져올 모험을 감행한 것은 두고두고 잊지 못한다. 여수 KBS에 아이들을 몰고 가서 〈노래자랑〉에 나가 1등을 하고 돌아온 일이었다. 당시는 라디오 방송만 있을 때였는데, 표준어를 쓰는 아나운서와 인터뷰하면서 생각한 건 '와! 사람의 말소리가 이렇게 아름다울 수도 있구나……' 하는 거였다. 정말 황홀했다.

그때까지 나는 "와따 그래부럿당가" "이것이 뭔디요?" 이런 전라도 사투리가 표준어라고 생각하고 있었다. 우리가 쓰는 전라도 사투리가 아닌, 솜사탕처럼 부드럽고 나긋나긋한 서울말이 우리나라 표준말이라는 데 적잖은 충격을 받았다.

그 뒤 얼마 동안 나는 가수 혜은이 대신 그 여자 아나운서 흉내를 내며 학교에 다녔다.

1989년에 아나운서가 되기 위해 시험을 보았는데, 지금보다는 덜하지만 그때도 언론사는 선망의 직장이었기 때문에 경쟁이 만만찮았다. 운이 좋았는지 3차 면접까지 올라갔다.

면접 보던 당시의 느낌은 지금도 기억에 그대로 남아 있다. 방송사 입사 준비를 하면서 가장 신경 썼던 부분이 내 말투였다. 면접 때 혹시라도 전라도 사투리의 흔적이 배어나올까봐 노심초사했다. 심사위원의 질문 하나하나에 집중했고 정확한 표준말로 대답하려고 신경을 쏟느라 입고 있던 투피스의 벨트가 바닥에 떨어진 것도 몰랐다.

마지막 3차 면접의 결과를 보러 가던 날은 몹시도 추웠다. KBS 여의도 본사 앞에 올림픽 때문에 임시로 지어놓은 부속건물이 있었는데, 그 앞에서 추위에 덜덜 떨며 합격자 명단이 붙기를 기다렸다. 내 인생이 달라지느냐 마느냐 하는 결정적인 순간이었다. 그리고 결국 나는 해냈다.

내가 아나운서가 된 것은 고흥이 고향인 어머니, 목포가 고향인 아버지 집안을 통틀어 초유의 사건이었다. 아나운서가 되어 TV에 나온다는 건 가문의 영광이었다. 나는 순식간에 집안을 빛낸 자랑스런 딸이 되었다. 어머니 곗방에서 나는 오랫동안 화제의 인물이었다.

딸만 줄줄이 있는 집의 셋째 딸이라서 꼭 남동생을 보라고 어른들은 내 아명을 '꼬돌'이라 지어 불렀는데, 내가 어린 시절을 보낸 나로도에서는 정꼬돌이가 일을 냈다며 다들 기뻐해 주었다고 한다.

개구식,
첫 방송
20초

　무엇이든 첫 경험은 떨리는 일이다. 첫 미팅, 첫 키스, 첫 출근, 첫 출산……. 내게도 무수한 첫 경험들이 있지만 그 중에서도 가장 소중하게 남는 경험은 바로 첫 방송, 개구식이었다.

　지금은 아나운서가 되면 단번에 대형 프로그램을 맡아서 일약 스타로 떠오르는 경우가 많지만, 내가 방송국에 몸담고 있던 시절만 해도 아나운서는 엔터테이너라기보다 뉴스 진행자 혹은 교양 프로그램 MC가 전부였다.

물론 지금도 그렇겠지만, 당시만 해도 기본교육이 워낙 철저해서 귀걸이 같은 액세서리는 거의 하지 않았고 헤어스타일은 단정한 단발이 주류였다. 복도에서 선배들을 만나면 누가 시킨 것도 아닌데 어찌나 정중하게 고개 숙여 절을 했는지 집에 오면 온몸이 뻐근할 정도였다.

신입사원 수습 기간 동안에는 매일 기본 직무교육이 끝나고 나면 뉴스 원고를 갖다놓고 몇 시간이고 읽기를 반복했다. '~요, ~죠' 체의 어미는 경박스럽다고 해서 '~했습니다'를 시간 날 때마다 연습하곤 했는데, 얼마나 많이 연습을 했는지 한번은 집에 인터폰이 울리자 "네, 안녕하십니까. 정미정입니다."라고 해서 온 집안에 웃음을 선사한 적도 있었다. 세상에 누가 물어봤냐구요.

선배가 하는 방송을 따라다니며 배우고 카메라를 앞에 두고 연습하기를 몇 달, 드디어 개구식을 하는 날이 왔다.

'개구식(開口式)'이란 말 그대로 입을 여는 날, 즉 처음으로 방송을 하는 날이다. 그걸 기념하기 위해 아나운서실에서는 책거리 같은 파티를 하고 집에 전화해서 녹음시키고 사돈에 팔촌까지 연락해서 그 시간에 들으라고 신신당부하는 등 야단법석을 떨곤 한다.

내가 했던 첫 방송은 20초의 콜사인과 시각고지였다. 지금은 다 녹음으로 진행되지만 그때만 해도 매 시간 채널마다 호출부호와 함께 시각을 생방송으로 날렸다.

요즘 같은 디지털 방송시대에는 믿기 어렵겠지만, 한때는 뉴스를 진행하는 아나운서가 직접 제품까지 들고 나가서 광고 문구를 그대로 읽기도 했다고 한다. '이명래고약'이나 무슨 연고 등을 직접 들고 서서 광고하는 모습은 상상만 해도 우습지만, 분명 그런 때가 있었고 그것을 거쳐서 오늘에 이르렀다는 것이다.

광고까지야 아니지만 생방송 콜사인이 아나운서의 주요 임무 중 하나였던 시절, 내 목소리가 드디어 처음으로 전파를 타게 된 것이다.

불과 20초의 멘트였지만 그것은 애벌레에서 나비로 화려하게 변신하는 나를 향한 콜사인이었다. 수습사원 정미정에서 아나운서 정미정으로 다시 태어나는 순간이었다. 그 20초를 위해 나를 비롯한 우리 동기 아나운서들은 몇 날 며칠을 수천 번 연습했다.

나는 떨리는 가슴을 진정시키느라 30분 전에 청심환을 먹고 스튜디오 부스로 들어갔다. 부스 안에 나 혼자 덩그러니 앉아 밖의 부조에 큐사인 불이 들어오기만을 기다리던 그 순간의 느낌은 지금도 뭐라 말로 표현할 수가 없다.

자, 이제 스탠바이다.

손에 땀이 배었다. 등골이 뻣뻣해지며 머릿속이 하얗게 굳어버린 느낌이었다. 처음 입을 여는지라 아나운서실에서도 모두 귀를 활짝 열고 들을 것이다. 입술이 바짝바짝 탔다.

마침내 알전구에 빨갛게 불이 들어왔다. 내 눈에는 그 쪼그만 알전구가 열기구 풍선만큼 크게 보였다.

"슬기로운 생활의 벗 여러분의 KBS가 잠시 후 정오를 알려드립니다. 중파 711킬로헬츠 FM 97.3 메가헬츠 HLKA."

18년이 지난 지금도 나는 그 사인을 완벽하게 외고 있다.

첫 방송을 하고 나오자 부스 앞에서 기다리고 있던 PD, 엔지니어 선배들은 물론 동기와 선배 아나운서들이 박수를 치며 격려해 주었다. 온몸이 땀에 젖은 채 딱딱하게 굳어 있던 나는 그제서야 정신이 돌아왔다. 내 몸 속의 피도 비로소 다시 돌기 시작한 느낌이었다. 긴장이 풀어지면서 뿌듯하고 벅찬 감정이 차올랐다.

어머니에게 녹음을 해달라고 두 시간 전에 당부해 놓았으나 안타깝게도 어머니는 그것을 녹음하지 못했다. 만반의 준비를 해놓고 기다리다가 막상 그 순간이 되자 감격하여 허둥대는 사이 짧은 멘트는 이미 끝나버린 것이다.

나는 아나운서실에서 녹음한 내 첫 목소리를 들어보았다. 어찌나 떨었는지 완전 염소 목소리였다.

참으로 풋풋한 시절의 추억이다. 지금도 나는 차를 타고 가다가 이 사인이 라디오에서 흘러나올 때면 가만히 따라해 보기도 한다.

도모
아리가또
고자이마쓰!

　방송은 내가 그때까지 경험한 그 어떤 것보다 매력적이고, 새로운 세계였다.

　지금이야 아나운서가 하는 프로그램이 다양하지만, 1990년 그 즈음은 뉴스나 교양 프로그램 등으로 제한되었다. 입사 후 6개월에서 일 년은 여기저기 프로그램 출연과 동시에 주목을 받았다. 같이 입사한 이금희, 유정아, 김태욱(지금은 SBS 아나운서) 동기들과 함께 리포터로 출장도 많이 다니면서 다양하게 방송을 배웠다.

지금도 기억에 남는 건, 중학생 퀴즈 리포터로 지형과 관련된 문제를 내기 위해 울릉도의 나리분지에 갔던 일이다. 8시간의 배멀미 끝에 울릉도에 도착해 보니 수해로 길이 유실되어 엉망이었다. 산판 트럭에 카메라와 나만 타고 남자 선배들이 몽땅 내려 차를 밀고 몇 시간을 올라가 분지에 도착한 후 한 문제를 내고 내려왔다. 단 1분 30초를 위해 며칠을 쏟아붓기도 하는 것, 그게 방송이다.

또 한번은 일본 아사히 TV의 〈뉴스 스테이션〉이라는 인기 프로그램에 생방송으로 출연하면서 생긴 일이다. 당시 국제협력실에서 일본어를 구사하는 아나운서를 찾는다고 하기에 나는 무작정 내가 좀 한다고 적극 나섰다.

아시아 각국의 홍엽(紅葉)을 주제로 가을 단풍 소식을 전하는 것이었는데, 대만 – 일본 – 한국을 동시에 연결하는 메머드 급 삼원 생방송이었다. 약 3분 정도 전라북도 정읍 소재의 사찰 일주문 앞에서 한복을 곱게 차려입고 리포트를 해야 했는데, 사실 나는 일본어를 거의 할 줄 몰랐다. 그런데 좀 한다고 큰소리 뻥뻥 치고 프로그램을 맡았던 것이다. 지금 생각하면 나의 무모한 배짱에 내가 놀란다.

나는 일단 쓴 걸 그대로 달달 외워서 하기로 했는데, 막상 생방송이 시작되자 머릿속이 하얘지면서 우리말도 잘 생각나지 않았다. 그쪽 남자 아나운서가 뭐라고 물었는데 그 내용이 뭐였는지, 내가 뭐라고 대답했는지 기억이 전혀 안 난다.

나중에 일본에서 방송을 본 사람이 전해주길, 내가 물어보지도 않는 말을 계속 하더니 그쪽에서 날씨가 어떠냐고 하자, 좋다고만 하고 클로징 멘트를 했다고 한다.

그때 프로그램을 맡으신 감독님과 스태프들에게 너무 죄송하게 생각한다. 그나마 위로가 된 건 한복이 무척 예뻤다는 것이다.

뭐든지 해보고 싶고 즐겁게 하던 시절, 초보라서 가능했던 좌충우돌의 그 시절이 바로 내 인생의 봄날이었다.

인생은
미완성?
얼굴은 미완성!

　방송을 타기 시작하면서 알게 된 새로운 사실은, 내 얼굴이 화면에 너무 크게 나온다는 거였다.

　사실 TV에 처음 출연하면 아주 갸름한 계란형을 빼고는 대부분 화면을 통해 나오는 자신의 얼굴이 너무 커보여서 놀란다. 우리 동기들(이금희 씨, 유정아 앵커)도 다들 자기 얼굴이 크다고 고민했지만 나만큼은 아니었을 것이다. 나는 얼굴형이 둥근 데다가 구조적으로 여백이 많은 넓적한 얼굴이라서 화면을 통해 보이는 내 얼굴은 주전자에 비춰진 모습, 말하자면 볼록렌즈를 통과한 형상 같았다.

나중에 인터뷰를 하느라고 만나게 된 어떤 향토 사학자는 내 얼굴을 가리켜 전형적인 백제 여인의 얼굴이라고 했다.

어쨌든 카메라는 있는 그대로의 나를 비추는 것이니 그 정직성을 탓할 수는 없지 않은가. 나는 메이크업을 할 때 섀도를 엄청 쓰면서 얼굴 사이즈 줄이기에 열을 올렸고 유명 메이크업 아티스트를 찾아다니기도 했다. 18년 전만 해도 전문 메이크업을 하는 아티스트들이 흔치 않았다. 그러니 혼자 연구하면서 이렇게 저렇게 그려볼 수밖에 없었는데, 당시 분장실의 최고 우스갯소리는 '얼굴 죽이는 데 돈이 너무 많이 든다'였다. 그렇게 돈을 들여 입체화장을 하고 나서 찍은 사진을 보면 영락없는 아그리파 상이었다.

얼마 전 우연히 TV를 볼 때 자료 화면에 임성훈 씨와 함께 〈가요톱10〉을 진행하던 내 예전 모습이 나왔는데 정작 내가 나를 몰라볼 정도로 우스꽝스러웠다.

이렇게 얼굴 줄이는 데 온갖 신경을 쓰던 내가 얼마 뒤 결론을 내렸다. 바로 원판불변의 법칙.

그 후 나는 얼굴 각도에 신경을 쓰기 시작했다. 정면보다는 약간 몸을 틀면 조금 나아 보였다. 이른바 나만의 얼짱 각도를 찾아낸 것이다. 그러나 근본적으로 턱을 깎든지 얼굴을 쪼개내지 않는 이상 큰 얼굴이 작아질 리 없었고, 나는 늘 내 얼굴이 불만스러웠다.

나를 만난 사람들은 실제 얼굴은 작은데 화면에는 왜 그렇게 크게 나오느냐고 놀란 표정으로 묻기도 했다. 나는 얼굴 때문에 카메라 공포증이 생길 지경이었다. 어떤 때는 꿈에 카메라가 나를 짓누르는 악몽에 시달린 적도 있었다.

사실 얼굴이 크게 보이는 출연진은 카메라한테 환영받지 못한다. 그럼에도 끊이지 않고 일을 할 수 있었던 건 아나운서실의 백그라운드 덕분이었다. 나를 캐스팅해 준 제작진들에게 지금도 감사하게 생각한다.

방송에 연륜이 쌓이면서 언제부턴가 얼굴을 초월했던 것 같다. 정확히는 '포기'다.

〈독점여성〉이란 주부 교양 프로그램을 맡아서 할 때, 지금은 한나라당 국회의원인 이계진 선배와 함께 진행하면서 많은 걸 배웠다.

외모만 놓고 볼 때 그분은 눈이 작고 그저 선량해 보이는 서민적인 외모이다. 게다가 전직은 시골 학교 국어선생님이었다. 입사해서 몇 년간 무명의 시절을 보냈다. 그러다가 특유의 부드럽고 진솔한 말솜씨와 잘 어울리는 편안한 외모가 시청자들에게 신뢰감을 주고 친근한 이미지로 어필하기 시작한 것이다.

그분도 처음에는 눈이 크고 목소리가 기름진, 이른바 그 시대의 꽃미남 아나운서 반열에 들지 못해서 한동안 라디오 진행을 많이 했던 것이고, 그러면서 방송의 진행 내공을 키웠다고 한다. 흔히 우리가 생각하는 것과 달리 라디오 방송 진행은 만만치 않으며, 사실 TV보다 라디오 방송 잘한다는 말을 듣기가 더 어렵다.

리허설 때 어떻게든 얼굴이 좀 작아 보이려고 이리저리 각도를 바꿔가며 온통 얼굴에 몰입해 있는 나와 달리, 이계진 선배는 생방송 리허설에서조차 너무도 진지하게(원래 짬밥이 좀 되면 리허설은 대충하고 싶어진다) 주의를 기울였다. 어떻게 하면 제작의도를 충실하게 잘 전달해서 시청자의 공감을 불러일으킬 수 있을까, 나는 그걸 고민해야 했는데 지금 와서 그 시절을 생각하면 어디로 숨어버리고 싶은 순간이 한두 번이 아니다.

방송에서 여자 MC는 꼭 예뻐야 하나? 뭐 이런 진부한 논란을 다시 언급하고 싶지 않다. 나 역시 잘생긴 남자가 좋으니까 말이다. 하지만 나는 더 나아지기 위해 얼굴을 뛰어넘어야만 했다. 왜 그때는 그런 생각을 하지 못했을까. 아쉽기만 하다.

단점을 커버하려고 하기보다는 확실한 장점을 갖는 게 더 낫고, 또 그것보다는 기본에 충실해야 좋은 방송을 할 수 있다. 시간이 많이 지난 뒤 나는 그걸 알게 되었다. 하긴 뭐든 그런 것 같다. 기본에 충실한 게 가장 중요하다.

나이 들면 자기 얼굴에 책임을 지라는 말이 있다. 얼굴을 보면 그 사람이 어떻게 살아왔는지도 보이는 법이다. 얼굴이 아무리 예뻐도 십수 년 세월이 지나면서 신경질적이고 보기 흉측한 얼굴로 바뀌어 친구들도 못 알아보는 사람이 있고, 전에는 그렇게 예쁜 줄 몰랐는데 나이 들면서 고상하고 멋스럽게 늙어가는 사람도 있다.

이왕이면 멋지고 아름답게 나이 들어가야 하지 않겠는가.

얼굴은 이렇게 그 사람의 역사를 따라 변하는 법이니 '못생겨서 죄송합니다'가 아니라 '미완성이라서 죄송합니다'라고 해야 하지 않을까.

과거에 연연하지 않는다

내가 과거에 실수한 것, 실패한 것 때문에 나도 모르게 위축될 때가 있다. 하지만 나는 실패는 오히려 좋은 경험이라고 생각하면서 마음을 다잡는다. 그와 같은 낙천성이 어쩌면 내 저력의 밑바탕인지도 모르겠다고 말씀하신 분도 있다. 그렇다. 나는 이미 지나간 것에 연연하지 않는다.

실수? 누구나 실수할 수 있다. 수십 번 수백 번 실패하는 경우도 있다. 신약이나 신물질을 개발하려면 평균 1만 2천 번의 실패를 거쳐야 하고, 석유 탐사 때도 최소한 25번은 실패해야 비로소 유정 하나를 발견할 수 있다고 한다.

문제는 그 후유증을 '얼마나 빨리 극복하는가' 이다.

잭 웰치는 GE에 재직할 때 직원들의 실수에 관대한 편이었다. 젊은 시절에 겪은 큰 사건이 그를 그렇게 만들었다. 선임 엔지니어로서 실험을 하던 공장이 완전히 폭발해 버린 사건이었다. 직속 상사는 웰치에게 그 위의 상사에게 가서 사태를 보고해야 한다고 말했다. 훗날 웰치는 상사에게로 가는 길이 인생에서 가장 긴 밤이었다고 회상했다. 하지만 직속 상사는 그를 탓하지 않았다.

"그는 내 자존심을 북돋워줄 뿐 비난하지 않았으며 오히려 내게 많은 것을 가르쳐주었습니다. 그래서 나는 실패한 사람을 절대로 비난하지 않습니다. GE에서는 회의 때 남을 자꾸 깔아뭉개는 사람에게 오히려 벌칙을 줍니다. 우리도 깃발을 꺼내 들지요."

축전지를 발명하기까지 5만 번 이상의 시도와 실패를 경험한 천재 발명가 에디슨. 한 젊은 기자가 인터뷰 중에 그것에 대해 언급하자 에디슨은 이렇게 말했다고 한다.

"나는 실패한 적이 없습니다. 그렇게 하면 안 된다는 5만 가지의 방법을 알게 되었으니 오히려 아주 값진 성과라고 할 수 있죠."

결국 천재란, 실패를 두려워하지 않으며 끊임없이 도전하는 사람들을 일컫는 다른 말인지도 모른다. 대부분의 성공한 사람들도 또한 그렇다.

이미 지나간 일에 연연하여 과거에 발목 잡히는 실수를 하지 말자. 실패란 더 큰 성공을 위한 신의 선물이라고 생각하자.

여자는 일과 사랑과 아이를 한꺼번에 가지는 게
불가능한 것일까. 결혼해서 애를 키우는 게
과연 남는 장사인가.

2장

고뇌

인생
이모작,
결혼도 이모작?

결혼을 꼭 해야 할까?

누구나 한 번쯤 이런 생각을 해봤을 것이다. 특히 결혼 적령기의 남녀라면 더욱 그럴 것이다.

2007년 경상북도와 대구가톨릭대학교가 공동으로 '대학생의 결혼에 대한 인식'을 설문조사 했는데, '결혼은 해야 하는가'라는 항목에 대해 전체의 72.9퍼센트가 결혼에 대해 긍정적이었으며,

'혼전 동거에 대해 어떻게 생각하는가'라는 질문에 67.1퍼센트가 찬성했다고 한다.

대학생 10명 중 7명이 '결혼은 할 생각인데, 살아보고 결혼하는 것에 대해서도 찬성'한다는 말이다.

그렇다면 이미 결혼한 사람은 어떻게 생각할까?

한국보건사회연구원의 〈2006년 가족보건복지실태조사〉 보고서에 따르면 기혼 남녀를 대상으로 혼전 동거에 대해 물은 결과, 여성 응답자의 37.5퍼센트, 남성 응답자의 39.0퍼센트가 찬성이었다. 이미 결혼한 10명 중 4명이 '결혼해서 혼인신고 하기 전에 미리 살짝 살아보고 결혼하면 좋겠다'고 생각한다는 것이다.

솔직히 말하면 나 역시 혼전 동거가 나쁘지 않다고 생각한다. 출산율이 낮아지는 사회적 문제는 있겠지만, 이혼율도 그만큼 낮아질 게 아닌가.

연애를 하는 것과 결혼해서 사회적 제도 속으로 들어가는 것은 단순히 웨딩드레스를 입었느냐 아니냐의 차이가 아니다. 특히 우리나라 여자들은 결혼을 통해 얼마나 많은 변화와 새로운 관계 속에 갇히게 되는가 말이다.

1980년대에 대학을 다닌 사람들이라면 누구나 그랬겠지만, 우리의 대학시절은 개인은 죽고 거대담론만 살아 있던 시대였다.

시위가 일어나면 하이힐 신은 채 뒷문으로 도망가기 바빴고, 막연한 죄책감으로 돌 던지는 친구에게 돌을 날라다 주는 일이라도 해야 했던, 사회니 체제니······ 뭐 이런 스케일 큰 얘기만 하고 살아야 했던, 개인을 얘기하면 왠지 죄스러웠던 시절이었다.

그러다 막상 대학을 졸업하고 개인으로 돌아와보니 내 대학시절의 추억은 너무 빈한하고 형편없었다. 개인과 체제 간의 얘기가 아닌 개인과 개인 간의 갈등이나 고민에 대한 학습이 전혀 없었다. 다양한 만남과 연애생활 따위는 더더욱 제로 상태였다.

실토하자면 그때까지 나는 남녀의 차이나 남자의 신체구조에 대한 지식도 가정시간이나 생물도감에서 얻은 정도밖에 없었다. 결혼하는 순간까지도 나는 결혼해서 가족을 갖는다는 것, 자식이 생긴다는 게 어떤 의미인지 아무런 사전 지식이 없었다. 내게 도움이 될 만한 구체적인 이야기를 해준 사람도 없었다. 심지어 엄마조차도 말해주지 않았고 위로 둘씩이나 있는 언니들도 마찬가지였다.

내가 아는 건 그저 책에서 얻어들은 상식적이고 모호한 지식 정도였다. 어쩌면 그렇게 철이 없고 아무것도 몰랐기 때문에 덜컥 결혼이라는 걸 해버렸던 것인지도 모르겠지만 말이다.

당시는 대학 졸업 후 일을 갖지 않은 여자에게는 대체로 두 가지의 선택만이 있었다. 결혼이냐 대학원이냐. 나이에 쫓겨 도망치듯 결혼을 하던 시기였다. 남자랑 자면 결혼해야 한다는 순결의식이 아직도 여자를 지배하던 시대였다.

하지만 요즘 젊은 사람들은 어떤가? 일단 캠퍼스에서 최루탄과 시위를 거의 찾아볼 수 없을뿐더러, 설령 자기 친구들이 시위 중일지라도 그 사이를 수다 떨면서 유유히 지나가는 시대다. 체제 문제를 고민하고 싶은 사람은 고민하라, 나는 내 취업 문제와 연애가 더 중요하니 그걸 고민하겠다……. 이처럼 개인적 성향과 선택을 더 중시하는 시대이다.

만나서 좋으면 같이 자고, 더 좋으면 같이 살아보고, 서로가 원하면 결혼한다. 임신에 대한 지식이나 자신에게 맞는 피임방법도 똑소리 나게 알고 있다. 잠시라도 떨어져서는 못 살 것처럼 뜨겁게 사랑하며 살지만, 합당한 이유가 있거나 권태로움을 느끼면 즉각 헤어진다.

이렇게 쿨한 관계를 걱정하는 사람들도 있지만, 그런 쿨함이 있기에 결혼 후에 오는 후유증들도 더 합리적이고 현명하게 대처할 수 있는 것 아닐까.

마담
사이즈 88과
전략 임신

언제부터인가 결혼해서도 여전히 건재한, 망가지지 않고 계속 방송을 하는, 이른바 튀는 여자 아나운서들을 가리켜 '미씨 아나운서'라고 부르기 시작했다. 오영실 선배가 그렇게 불렸고, 그 뒤를 따라 곧 나도 그렇게 불렸다.

대한민국의 웬만한 직장이 다 그러했지만 1990년대 혹은 그 이전에는 여직원이 배가 불러서 회사를 다니는 걸 마땅치 않은 시선으로 보던 때가 있었다. 그러다 보니 당사자는 주눅이 들어 미안해하는 태도를 가져야 했고, 배부른 채로 회사를 다니면 마치 공적인 영역에 사적인 것이 끼어드는 것쯤으로 취급당하는 느낌을 받았다. 허물없이 지내던 가까운 직장 동료나 주변 남자들조차도 여자가 애를 가졌으면 집에 들어앉을 것이지 회사는 왜 나오나 하는 눈초리로 쳐다보는 것 같아서 필요 이상으로 움츠러들거나 속으로 적대감을 키우기 일쑤였다.

요즘은 〈열린음악회〉를 진행하는 황수경 씨의 둘째아이 임신이 연예가 소식으로 올려질 정도로 분위기나 여건이 좋아졌지만, 당시만 해도 방송의 꽃이라 불리는(좋은 말이지만 나는 이 말의 뉘앙스 자체가 부담스러울 때가 있다) 여자 아나운서가 임신해서 불룩한 배로 방송을 한다는 건 상상하기 힘든 일이었다.

때문에 많은 사람들이 일을 포기하거나 혹은 두툼한 외투를 입을 수 있는 겨울에 전략 임신을 해서 불러오는 배를 감추었다가 이듬해 봄에 애를 낳기 위해 잠시 쉬겠다는 폭탄선언을 하는 경우가 왕왕 있었다.

나 역시 임신 사실을 언제 알려야 내게 불리하지 않을까를 고민하며 전전긍긍해야만 했다. 첫애 때 나는 특히 입덧이 심한 편이었다. 어찌나 힘들던지 기회만 있으면 쉬고 싶고 눕고 싶은 생각이 굴뚝 같았다. 그럴수록 이를 악물었다. 참자, 어떡하든 이 고비만 넘기자⋯⋯. 매순간 이렇게 나를 달래가면서 일했다.

그 무렵 나는 유독 냄새에 예민했다. 특히 기름기 도는 음식 냄새를 맡으면 어김없이 구역질을 했다. 하루는 라디오 프로그램의 녹음을 하고 있는데 스튜디오 밖에서 프라이드치킨 냄새가 솔솔 올라오기 시작했다. 참고 말고 할 겨를도 없었다. 원고를 읽던 나는 거의 반사적으로 우욱— 쏠려서 그만 NG를 내고 말았다.

나는 씩씩하게 버텼다. 임신 팔 개월까지, 그야말로 배가 가슴을 눌러 화면이 넘칠 만큼 무서운(?) 모습으로 2TV 아침뉴스까지 했으니 말이다. 양심상 스스로 알아서 물러나야 했음에도 나는 한사코 얼굴을 내밀었다. 방송의 꽃인 여자 아나운서도 결혼하면 임신하는 건 자연스럽고 당연한 일이며, 만삭의 몸으로도 얼마든지 일을 잘할 수 있다는 걸 나는 그렇게 억척스러운 모습으로 보여주고 싶었던 건지도 모른다.

그러던 어느 날 드디어 옷을 빌려주는 코디가 심각한 얼굴로 내게 말했다.

"언니, 어떡해요. 이제 마담 사이즈 88도 안 맞아요."

그도 그럴 것이 팔 개월째 접어들면서부터는 빅사이즈 재킷에 단추도 위의 것 세 개만 잠그고 뉴스를 진행해 왔던 것이다. 집에 와서 녹화분을 보는데 내가 봐도 좀 너무했다 싶었다. 이후 나는 일을 쉬게 되었다.

그 전에 어떤 아나운서 선배는 복대로 배를 감추고 망토 패션의 연출로 출산 직전까지 사람들의 눈을 피했다고 한다. 모두가 미스인 줄 알았다가 어느 날 갑자기 애를 낳아 처녀가 애를 낳았다는 우스갯소리까지 들을 정도였으니, 그렇게 해야만 했던 선배들의 마음고생이 오죽했으랴 싶다.

결혼해서 임신한 것은 결코 죄지은 일이 아닌데, 이렇게 눈치를 보고 몸고생 마음고생을 했다는 것이 참 억울한 일이 아닐 수 없다. 그나마 그 시절에 배를 드러내놓고 당당하게 회사를 다녀준 선배들이 있었기에 나도 조금은 더 당당해질 수 있었다. 오늘날 조금이라도 여성들의 근무 환경이 나아진 것은, 그처럼 선배들이 앞에서 길을 터주었기 때문일 것이다.

세상은 빠르게 변화하고 있다. 사람들의 라이프 스타일이 달라지고 결혼이나 임신에 대한 젊은 세대들의 사고도 많이 달라진 듯하다. 지금은 오히려 여자들이 아이를 낳지 않으려고 해서 문제라고 한다.

정부에서는 아이를 낳는 게 국가와 민족을 위한 길이라며 출산을 장려하고, 아이를 낳으면 이러저러한 혜택까지 준다고 캠페인을 하지만, 여자들은 결혼했다고 해서 무조건 아이를 낳지 않는다. 물론 고물가 시대에 여건상 출산과 육아가 힘들어서 낳지 않는 경우도 있지만, 형편이 되어도 아이 낳기를 꺼리는 여성들도 있다.

그뿐이랴. 여성들은 결혼이라는 상품의 구매에도 눈이 높아지고 까다로워졌다. 여건에 떠밀려 억지로 결혼을 하는 경우는 별로 눈에 띄지 않는다. 그 사이에 여자들도 똑똑해졌다. 진화한 것이다.

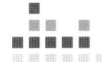

봄날은
간다

　아나운서로 재직하던 시절에 첫아이를 낳았다. 엄마가 된다는 건 역시 말 그대로 장난이 아니었다. 일과 아이, 욕심 많은 나에겐 어느 것도 결코 내려놓을 수 없는 양손의 떡이었다.

　나는 산후 붓기도 빠지기 전에 살부터 빼려고 애를 썼다. 아이 엄마라는 이유로 후배나 동기들에게 밀리고 싶지 않았다. 무리하게 살을 빼느라 어지럼증을 겪기도 했다.

아이를 낳은 건 너무 잘한 일이었지만 일과 육아를 어떻게 조화롭게 꾸려 나가야 할지 막막하기만 했다. '내 아이만큼은 최고로', '우리 아이는 달라요'라고 외치는 분유 광고 속의 엄마처럼 나 역시 내 아이에게 최고의 것을 원 없이 다 해주고 싶었다. 모유로 키우고 싶었지만 직장생활을 하려면 젖을 뗄 수밖에 없었다.

얼마 전 후배 여직원이 아이의 수유를 위해 회사에서 젖을 짜서 냉장고에 두었다가 퇴근할 때 가져가는 걸 보았다. 문득 지난날이 떠오르면서 사회가 변하고 새내기 엄마들의 의식이 많이 변했다 해도 아이에게 최선을 다하고 싶은 엄마 마음은 변함이 없구나 싶었다.

그때의 나 역시 이런저런 고민 끝에 아이와 조금이라도 함께 있을 생각으로 야간 프로그램을 자원했다. 오후에 출근해서 새벽 1시쯤 퇴근을 하는 생활 패턴이 이어졌다. 처음 얼마간은 좋았다. 낮에 아이와 함께 있을 수 있다는 게 매우 다행스럽고 소중하게 느껴졌다. 하지만 시간이 갈수록 이 선택이 잘못되었다는 생각이 들었다.

피곤한 몸을 이끌고 퇴근하면 밤낮이 바뀌어 자지 않는 아이와 그때부터 밤새도록 씨름을 해야 했다. 그러다 보면 얼굴이 퉁퉁 부었고 몸도 천근만근이었다.

어느 봄날, 그날도 아이는 통 잠을 잘 생각을 하지 않았다. 나는 너무 졸려서 누가 아이를 봐줄 사람이 없나 하고 아이를 안은 채 이 방 저 방 문 앞에서 기웃거렸다. 어느 방에서나 다 코고는 소리가 들렸다. 모두가 깊이 잠들어 있다는 사실이 새삼스러워지면서 왠지 눈물이 났다. 왜 똑같이 일하고 아이는 나만 봐야 하는 걸까. 스스로가 몹시 처량한 기분이 들었다. 무거운 눈꺼풀을 어찌지 못하면서 거실 밖 베란다로 가서 아이를 흔들며 달랬다. 이런 사정을 알 리 없는 아이는 놀자고 옹알이를 했다. 괜히 부아가 치밀어 아이를 야단치고는 미안해서 얼른 다시 안아주었다.

'연분홍 치마가 봄바람에 휘날리더라…… 오늘도 옷고름 씹어가며 산제비 넘나드는 성황당 길에…… 봄날은 간다…….'

아이를 어르던 내 입에서 그 노래가 흘러나왔다. 눈물이 주르륵 볼을 타고 흘러내렸다. 무어라 말할 수 없을 만큼 처량하고 서글픈 심정이었다. 아득하고 암담한 느낌마저 들었다.

'그래 정미정 너의 봄날이 가는구나…….'

그제서야 나는 마음의 준비 없이 맞아들인 현실이 얼마나 무서운지 깨닫게 되었다. 그러나 그것은 겨우 시작에 불과했다.

나는 현실에 휘둘리고 질질 끌려 다녔다. 고달팠다. 아이에게 더 잘해줘야 한다는 부담감과 함께 있지 못하는 미안함은 나를 정신적으로 피폐하게 만들었다.

한번은 오랜만에 특집 프로그램을 진행하게 되었다.

대본을 다 외워야 하는데 하필 아이를 봐주는 분이 쉬는 날이었다. 당장 도와줄 사람을 찾을 수도 없는 형편이어서 할 수 없이 아이를 둘러업고 대본을 읽었다. 그날따라 애는 왜 또 그리 보채고 우는지……. 달래다가 지쳐서 엉덩이를 때리니 아이는 서럽게 울었다. 나는 더 큰 소리로 대본을 읽어 나갔다.

그러다가 문득 고개를 쳐들었을 때 한 여자와 마주쳤다. 어둠이 검게 드리워진 거실 유리창에 웬 낯선 여자가 서 있었다. 화가 난 것처럼 딱딱하게 굳은 얼굴에 무릎 나온 추리닝 바지 차림을 하고 포대기로 아이를 둘러업고서 자장가를 부르며 끄덕끄덕 몸을 흔드는 여자. 그 꼬락서니라니……. 그건 아나운서가 아니었다. 커리어우먼도 아니었다. 백 번도 더 부정하고 싶었지만 그 모습이 나의 실체였다.

그 후로 어찌어찌하여 분가를 했다. 일을 하면서 가장 힘들었던 것은 역시 아이 봐줄 사람을 구하는 일이었다. 간혹 육아 도우미가 펑크를 내면 급한 맘에 부랴부랴 친정어머니에게 SOS를 쳐보지만 하필 그때마다 계모임이라는 방해물이 있었다. 어머니는 계모임만큼은 빠지고 싶지 않은 눈치였다.

도대체 대한민국 할머니들에게는 웬 계모임이 그리도 많은 걸까. 그 당시의 나는 결코 계모임에 호의적일 수가 없었다. 정말이지 이 세상의 계를 다 깨버리고 싶다는 방자한 생각을 품은 적도 있었다. 일하러 나가야 하는데 아이 맡길 데는 없고, 오죽하면 그런 생각을 했겠는가.

"너, 할머니들 사이에서 '까만 봉지 하얀 봉지'라는 말이 있는데 그게 무슨 뜻인 줄 아니?"

어느 날 친정어머니가 내게 물었다. 새로 나온 유머인가?

어머니 말에 의하면 낮에 노인정에 가보면 고스톱 치는 할머니들 사이에 하얀 비닐봉지를 쓴 할머니가 있고 까만 비닐봉지를 쓴 할머니가 있단다. 뭔고 하니, 할머니들은 기억력이 좋지 않기 때문에 화투를 하는 도중에도 순서를 헷갈리고 광을 판 사람이 누군지도 종종 까맣게 잊어버리곤 한다. 그래서 선(先)을 맡은 할머니는 하얀 봉지를, 광을 판 할머니는 까만 봉지를 머리에 쓰고 앉아 있는 거란다.

박장대소를 하며 웃었지만 그 끝은 씁쓸하고 안타까웠다. 그렇게까지 하면서 고스톱을 쳐야 하나, 그럴 양이면 손자들을 좀 봐주면 안 되나, 하는 생각이 들었다. 내가 그 말을 하자 어머니는 즉각 반론을 펼쳤다.

"고스톱이 치매 예방에 좋다잖니. 그리고 노인들 사이에서 손자 봐주는 노인네는 왕따야, 왕따!"

"아니, 왜요?"

"어딜 같이 갈 수가 있나, 뭐를 같이 할 수가 있나. 애 때문에 아무엇도 못하니까 나중엔 아예 부르지도 않아. 친구들 사이에서 왕따가 되는 거지.”

“설마 그렇게까지……”

“오죽하면 말년에 애 보는 노인네라고 하면 다들 팔자 사납다고 하겠니.”

“그건 또 무슨 말이에요?”

“다들 형편이 오죽 딱하면 손자 봐주고 용돈을 타다 쓰나 하는 눈으로 쳐다본다구.”

계모임에 빠지고 싶어 하지 않던 어머니의 속마음을 그제야 알 것 같았다. 어머니는 손자 봐주느라 계모임에 불참했다는 말을 듣는 게 싫었을 것이다.

지금까지는 아이 문제로 어머니의 도움을 받는 입장이었다. 그러나 언젠가는 나도 할머니가 되어 손자가 생기는 날이 있을 것이다. 나라면 어떨까. 아들딸을 출가시킨 후 이제야말로 홀가분하고 편안한 노후를 즐기려는데 ‘손자 양육’의 과제가 주어진다면 결코 즐겁지 않을 것이다.

일하는 여성들의 양육 문제, 정말 무슨 방법이 없는 걸까.

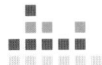

나는
슈퍼우먼이
싫다

나에게 슈퍼우먼이라고 말하는 사람들이 있다.

슈퍼마켓엔 없는 게 없다. 돈만 주면 뭐든지 살 수 있다. 우리네 삶의 편의성은 슈퍼마켓에서 비롯된다. 내게 슈퍼우먼이라고 말할 때 사람들은 내게서 그런 것을 기대하는지도 모르겠다.

그러나 나는 정말이지 슈퍼우먼이 되기 싫다. 그게 어디 가당키나 한 얘긴가.

슈퍼우먼에게 필요한 건 슈퍼 파워다. 바꿔 말하면 슈퍼 파워가 있어야 슈퍼우먼이다.

하루 종일 회사에서 일하고 집에 돌아오면 또 집안일을 한다. 한국 사회에서 그것은 여자로서 당연한 일이다. 회사에서는 아줌마 티 안 내려고 더 열심히 일하고, 집에 와서는 돈 버는 여자 티 안 내려고 웬만하면 할 일을 미루지 않고 다 한다. 명절이며 기념일 등 집안 대소사를 챙기는 건 기본이고, 순풍순풍 아이 낳아서 공부 잘하고 좋은 대학에 가도록 길러놓는 건 마땅히 해야 할 의무이며, 넘치거나 모자라지 않게 남편 내조도 잘해야 한다.

이게 바로 사람들이 말하는 슈퍼우먼이다. 정작 여자들은 남자들보다 에너지가 형편없이 달린다. 그런데 어떻게 이 모든 것을 소리 없이 척척 해낼 수 있겠는가.

'노동총량 불변의 법칙'과 '고통총량 불변의 법칙'. 내가 늘 부르짖는 것이다. 열역학 제2법칙을 패러디해서 내가 만들어낸 말이다.

무슨 얘기인가 하면, 우리 어머니 세대들은 우리더러 참 편한 세상에 산다고 한다. 어머니 세대가 살아온 시대는 세탁기가 있나 냉장고가 있나 가스레인지가 있나, 얼음물 깨서 똥기저귀 빨고 새벽같이 일어나 군불 때서 밥하고 웬만한 옷은 손수 만들거나 촘촘히 기워 입었고 집에서 만든 음식만을 먹었다. 그 시대의 어머니들은 어디 길이라도 나설 양이면 좌청룡 우백호처럼 양쪽에 하나씩 걸리고 한 놈은 등에 업은 채 십 리 길도 멀다 않고 걸어서 갔다. 그런 어머니들에게 요즘 여자들은 마치 거저 사는 것처럼 보일 것이다.

하지만 과연 그럴까.

요즘은 많은 걸 기계가 해주는 대신 머리가 지끈거릴 만큼 많은 일들이 여성의 몫이 되었다. 밖에 나가서 돈을 벌어야 하고, 요리사, 세탁부, 유모, 가정교사, 운전사에 해당하는 기타 잡일까지 도맡아 한다. 진짜 슈퍼우먼이다. 아이를 낳아 기르는 동안 해결해야 할 당면 문제는 육아, 교육, 입시에서 끝나지 않는다. 아이들이 졸업을 하고 취직을 하고 결혼할 때까지 죽어라고 뒷바라지해야 한다.

이 시대의 여성들은 누구인가. 결국 무덤에서 요람까지, 남편과 아이들의 평생복지사이다. 어쩌면 국가와 사회가 책임져야 할 상당 부분을 여성들의 미묘한 경쟁구도 속에 그녀들에게 전가하고 있는 것은 아닌지 생각해 볼 필요가 있다.

어머니 세대에 비해 과연 우리는 편하게 사는가. 나는 노동의 질이 바뀌었을 뿐이지 노동의 양은 결코 변하지 않았다고 본다. 그런데 그렇게 많은 일을 몸이 부서져라 일한 내게 돌아오는 건 훈장이 아니다. 두꺼워진 팔뚝과 신경통 그리고 최선을 다하지 못한 것에 대한 죄책감, 가족들을 행복하게 해주지 못한 것이 모두 내 탓인 듯한 심리적 부담감이다.

직장에서 하루 종일 일을 하고 또 집에 돌아와서도 쉴 새 없이 미친 듯이 일을 해야 한다는 건 사실 정상적으로 가능한 일이 아니다. 그럼에도 많은 일하는 여성들이 그렇게 살고 있다. 나 역시 지난 십수 년을 능력도 안 되면서 가족과 사회의 압력과 요구에 부응하느라 슈퍼우먼인 척, 아니면 그렇게 되려고 안간힘을 쓰면서 살아왔다.

흔히 사람들이 언급하는 커리어우먼이라는 게 알고 보면 실상은 이렇다. 이렇게 해서 지켜온 것이 지금의 내 자리이다.

커. 리. 어. 우. 먼.

커리어우먼들은 코드만 꽂으면 충전되는 배터리가 아니다. 때론 몸과 마음이 다 닳아진다는 느낌이 들 때가 있다. 무릎은 벌써부터 아파오고 뼈마디 골조가 부실해짐을 실감하며 쓰러지지 않기 위해 건강보조식품을 더 열심히 챙겨먹고 있다.

제가 좋아서 선택한 일이니 알 바 없다고 한다면 나도 할 말은 없다. 그러나 가끔 출근길에 한 손에는 아침 대용 바나나를 들고 다른 한 손에는 잠이 덜 깬 아이를 질질 끌고서 어린이집을 향해 종종걸음 치는 워킹맘을 보게 되면 여간 안쓰러운 게 아니다. 나의 예전 모습이 겹쳐지기 때문이다.

아이와 남편을 거들기 위해 아침나절 내 위장은 항상 공복이었다. 때론 머리에 클립을 만 채로 차를 몰고 간 일도 있으며, 신호등에 걸려 무심히 백미러를 보다가 콧잔등에 찍어놓은 꾸덕하게 말라버린 리퀴드 파운데이션을 확인하고 정신없이 메이크업 마무리를 한 일도 있었다. 전쟁 같았던 출근길에 짝 안 맞는 양말을 신고 나간 건 그나마 양호한 일이고, 차마 말할 수 없는 일화들도 부지기수다.

출근 시간은 다가오는데 애가 떼라도 쓰면 달랠 여유가 어디 있는가. 온갖 협박에 감언이설, 완력까지 동원해 시간 맞추어 집을 나서면 그 순간부터 등을 찌르는 후회와 비애감……. 하나는 등에 업고 하나는 걸리고, 또 다른 한 손엔 쇼핑봉투를 들고 뛰어본 일이 있는가. 아이를 업고 대본을 외는데 애가 자꾸 울어서 엉덩이 한대 때리며 자라고 윽박지르다가 속상해서 울어버린 일, 일하는 아줌마가 쉬는 날엔 아이를 맡길 데가 없어서 친정과 시댁을 핑퐁처럼 오갈 때면 곗날이라 애를 봐줄 수 없다는 말이 얼마나 섭섭하던지, 느는 게 악이요 오기였다.

돌아보면 아득하게 느껴지는 그 일들을 지금 내게 다시 겪으라고 한다면 차라리 강으로 뛰어들 것 같다.

밖에서는 아무리 우아한 아나운서라 할지라도 집에 오면, 문턱을 들어서면 나는 하녀로 전락한다. 내가 만약 그것을 거부한다면 나는 비정상적인 여자, 나쁜 여자로 손가락질 받았을 것이다. 난들 왜 게으름을 피우며 나에게만 몰입해서 살고 싶지 않았을까.

여자는 일과 사랑과 아이를 한꺼번에 가지는 게 불가능한 것일까. 결혼해서 애를 키우는 게 과연 남는 장사인가.

끝없이 나를 괴롭히던 갈등. 잊을 새 없이 스멀스멀 밀려오며 나를 괴롭히던 본전의식. 지금까지도 명쾌한 해답을 찾지 못했으며 엄마 초년생들이 앞으로 숱하게 되풀이할 물음. 내 뒤를 따를 후배 워킹맘들이 밤마다 아침마다 버스에서 지하철에서 수천 번도 더 자문하게 될 그것.

그러나 답이 없다.

나는 그게 더 절망스러웠다. 그 순간 나는 이렇게 되뇌고 있는 나를 발견한다.

'그래…… 비록 그렇다 해도, 설령 내가 소모적인 삶을 산다 해도, 아이만 잘 자라준다면 무엇이든 못하리!'

이제 나는 거울 앞에 선 누이처럼 산전수전 공중전 난타전까지 다 거친 노장이다. 언제 크나 싶었던 아이들도 어느 순간엔가 확 자라 있고, 나 역시 제법 노련한 감독이 되어 아이들과 가정을 원격조정할 줄 안다. 휴대전화로 아이의 학원 스케줄과 행동반경을 체크하고 마음을 주고받는다. 휴대전화는 일하는 엄마들의 일등

비서이다. (오, 고마운 디지털!)

　슈퍼우먼은 없다. 슈퍼우먼이란 주변 사람들이 씌워준 덫이거나 아니면 슈퍼우먼 스스로가 키우는 환상인지도 모른다. 일과 사랑과 아이를 동시에 완벽하게 거두는 슈퍼우먼이 있다면 그는 가까이에 훌륭한 조력자를 두었거나 아니면 남모르게 울고 있거나, 둘 중 하나이다.

아내에게도
아내가
필요하다

누군가의 우스갯소리였겠지만 사제(司祭)들이 제일 좋아하는 영화가 〈나도 아내가 있었으면 좋겠다〉란다. 아내인 나도 그렇다. 가끔은 정말로 아내가 있으면 좋겠다는 생각이 든다. 그런데 나만 그런 게 아닌가 보다.

남자들은 퇴근하면 휴식의 공간인 가정으로 돌아온다. 그러나 워킹맘들은 직장에서 퇴근하는 동시에 가정으로 출근한다. 주말엔 쉴 수 있냐 하면 그렇지도 않다. 주중에 못했던 아내의 역할과 엄마 노릇을 하느라 어떤 때는 잠깐 소파에 엉덩이를 붙일 틈도 없다.

워킹맘인들 왜 집안일을 잘하고 싶지 않겠는가. 하지만 그들이 전업주부에 비해 살림이나 정리정돈을 잘하지 못하는 건 너무나 당연한 것이다. 그들에게는 휴식이 필요하다. 그들이야말로 아내가 필요하다. 집 안을 깔끔하게 치워놓고, 하루 종일 일에 지친 몸을 편히 쉴 수 있게 해주고, 다음날 원기충전하여 출근할 수 있도록 도와주는 아내가 절실하다.

주부로서의 능력에 절망하고 주눅 들어 있던 나는 포틀랜드 시절 전업주부로 일 년을 살아본 뒤 희망과 자부심을 회복했다. 그때의 나는 쓰레기를 묶어버리는 일까지도 거의 예술적으로 해냈다. 치우고 쓸고 닦는 일, 회사에 안 가도 된다면, 그 일만 해도 된다면 나는 얼마든지 그렇게 할 수 있었다.

문제는 직장에 다니면서 주부로서 집안일도 잘해야 한다는 시각이다. 일에 치이고 시간에 쫓기고 마음의 여유가 없는데 어떻게 두 가지 일을 동시에 다 잘해낼 수가 있겠는가. 하지만 거기까지 헤아려주고 배려해 주는 배우자나 가족은 극히 드물다.

워킹맘들은 이런저런 이유로 스트레스를 받는다. 쌓이는 스트레스를 풀어낼 시간적 여유가 없다는 것이 또 다른 스트레스가 되

67

기도 한다. 간혹 사람에 따라 쇼핑으로 스트레스를 푸는 사람도 있다. 좋아하는 물건을 고르는 데 몰입함으로써 잠시 이중고를 잊기도 하고, 집안일을 좀더 쉽고 편리하게 해결해 줄 물건을 찾아냄으로써 위안을 얻기도 한다. 내가 아는 A씨가 그런 예이다.

기업의 중간관리자인 A씨는 일 잘하기로 소문난 여성이다. 그의 기획안은 창의적이고 일에 대한 추진력과 책임감도 강했다. 직장에서 본 그는 유쾌하고 열정적인 커리어우먼이었다. 하지만 집안일과 정리정돈에는 영 꽝이었다. 그와 달리 대기업 연구소에 다니는 남편은 모범생 기질이 강한 정리맨이다. 남편은 물건 하나를 써도 꼭 제자리에 다시 갖다 둬야 직성이 풀리는 잘 정리된 서랍 같은 사람. 남편은 잠깐을 쉬어도 정리정돈이 잘 되어 있어야 제대로 쉰 것 같은 느낌이 든단다. 그러나 A씨는 기질적으로 그게 안 되는 사람이다.

A씨는 새로운 아이디어를 생각할 때나 정신적 이완이 필요할 때 쇼핑을 한다. 그에게 쇼핑은 일종의 재충전 방식이다. 훌쩍 어디론가 떠난다거나 친구를 만나 수다 떠는 시간을 따로 가질 수 없는 현실에서 최소한의 자투리 시간으로 최대한의 효과를 누릴 방법을 찾은 셈이다.

남편은 그런 A씨에게 낭비벽이 심하다느니 쇼퍼홀릭이라느니 하면서 퉁박을 놓기 일쑤다. A씨는 억울하다. 직장인이기 이전에 주부이기 때문에, 살림하는 여자이기 때문에 당연히 정리정돈을 잘해야 하고 무조건 검소해야 한다는 남편의 시각 때문이다.

A씨는 간혹 나에게 묻는다.

"회사에서 하루 종일 머리 터지게 일하고 퇴근해서 집안일까지 완벽하게 잘하는 그런 슈퍼우먼들은 도대체 어떤 사람들이래요?"

나는 그저 씁쓸하게 웃는다.

직장 다니면서 집안일도 잘하고 아이 교육시키고 남편 내조하는 일에 이르기까지, 제 앞에 떨어지는 모든 일을 다 완벽하게 잘하고 싶은 이른바 슈퍼우먼 콤플렉스, 그게 과연 가능한 일이며 당사자나 가족들에게 좋은 것인가. 어쩌면 스스로가 원해서라기보다 주변 사람들이 씌워준 허울 좋은 멍에, 이름만 그럴듯한 굴레가 아닐지 생각해 볼 일이다.

사실 슈퍼우먼 콤플렉스는 전업주부라고 해서 다르지 않다. 오히려 전업주부들은 경제활동을 하지 않는다는 것 때문에 24시간 퇴근 없는 중노동을 하고 있다고 해도 과언이 아니다. 그들에게는 주말도 명절도 없다.

전업주부들이야말로 모든 것을 완벽하게 해야 한다는 심리적 굴레에서 벗어나지 못하고 있다. 그것은 대체로 그들 스스로 뒤집어쓴 굴레이다. 그들은 알게 모르게 남편 내조와 아이 교육은 물론 양가 어른들 챙기기, 인테리어, 실내정원 가꾸기, 하다못해 애완견 기르는 것까지도 완벽하게 해야 한다는 강박관념에 시달린다.

"어쩌다가 마트에서 찧어놓은 마늘을 사거나 버무린 김치를 살 때면 괜히 눈치를 보게 돼요. 집에서 놀면서 게으르기까지 하다는 핀잔을 들을까봐 주변을 의식하죠."

전업주부인 B씨의 솔직한 심경 고백이다.

눈치를 보고 주변의 시선을 의식하게 된다는 전업주부들. 그들은 사실상 자기들의 관심사가 무엇인지 깊이 생각해 본 적이 없다. 결혼 이후 그들은 남편의 관심사에 관심을 가져왔고, 아이의 당면 문제에 골몰해 왔다.

"당신이 진짜 원하는 삶이 무엇인가요?"

그들은 그런 질문을 받아본 적이 없다. 스스로에게 물어본 적은 더더욱 없다. 이렇게 살다가 끝내 자기가 무엇을 원하는지 모르는 채로 죽을 수도 있다. 의외로 많은 주부들이 그렇다.

이러다 보니 대한민국 여자들은 누구나 우울증의 전조증상을 조금씩 갖고 있다. 감정 밑바닥에 깔린 울화는 환경에 의해 강요된 열등의식과 미래에 대한 불안감에서 기인한 것이다. 여기서의 환경이란 다름 아닌 가족, 특히 남편이다.

지금 당장 돈을 벌어오지 않는다고 주눅 들어 살 것 없다. 집에 있는 엄마라고 해서 열등감을 가질 것도 없다. 일찍이 앨빈 토플러는 그의 저서 《부의 미래》에서 다음과 같은 질문을 던진 바 있다.

"부모가 부모의 역할을 해내지 못했을 때 화폐 경제의 생산성은 얼마나 큰 손실을 입게 될까?"

이 질문에 대한 부연설명은 이렇다. 부모가 자녀에게 단체나 지역사회에서 타인과 함께 살아갈 수 있는 행동 규칙 등의 문화를 전수해 주지 않는다면 경제는 생산적일 수 없게 된다. 부모가 이런 일들을 자신들이 아닌 다른 사람에게 비용을 들여 대신하게 하면 거기에는 천문학적인 돈이 든다. 그렇다 해도 사실상 부모가 한 것만큼의 효과를 기대하기 어려우며, 그런 사회는 미래 경제 체제에서 성장하기 어렵다는 게 토플러의 견해이다.

그러므로 남의 손을 빌지 않고 아이 교육을 시키는 것만으로도 전업주부들은 이미 충분히 사회공헌에 이바지하고 있는 셈이다. 아울러 토플러는 부모가 아이들에게 가르치는 것 가운데에서 가장 중요한 것이 언어라고 강조했다. 그는 "말을 제대로 구사하지 못하는 일꾼이 어떻게 생산적이겠는가? 언어는 화폐 경제에서 특히 중요하고, 지식을 바탕으로 한 경제에서 그 중요성은 배가 된다."라고 언급했다.

우리나라의 가정교육은 아버지보다 주로 어머니를 통해 이루어지고 있음을 감안한다면 토플러의 말은 이렇게 바꾸어도 좋을 것이다.

'어머니가 어머니의 역할을 하는 것만으로도 지적 생산성은 배

가 된다.'

지나친 확대 해석이라고 몰아붙일 수만은 없다. 어머니가 아이의 배변 훈련을 시키고, 아이에게 말귀를 알아듣고 생각을 표현할 수 있도록 제대로 가르치고, 자기가 살아갈 사회의 습관을 익히도록 교육을 시켰기 때문에 어른이 된 후 아이는 직업을 갖고 경제 활동을 할 수가 있는 것이다.

어머니가 그 일을 할 수 없는 경우 육아 도우미에게 의존했을 것이고 틀림없이 그에 따르는 비용을 지불했을 것이다. 만약 세상의 모든 부모가 이와 같은 방식으로 자녀를 양육한다면? 천문학적인 비용이 들 것이며 비용 대비 효과를 장담할 수 없으니 경제의 생산성을 따져볼 때 손해라는 얘기다.

이 땅의 전업주부들은 세계적인 석학의 말에 매달려 다만 얼마간이라도 위로받고 싶은 심정일 것이다. 왜냐하면 우리 사회는 사회의 기초단위로서 가정의 중요성을 입으로는 매우 강조하면서도 전업주부들의 노동에 대해서는 한없이 낮은 가치를 매기는 이중성을 갖고 있기 때문이다.

2005년 국내의 법원 판결 내용과 통계청 등 관련 기관의 자료를 분석한 결과, 우리나라 전업주부의 연봉은 2,100만~2,500만 원이라고 한다. 비슷한 시기에 미국에서 행해진 조사에 의하면 미국 전업주부의 연봉은 약 1억 2천만 원(13만 8,095달러)이다. 우리나라 전업주부의 연봉보다 무려 5배 정도 많다.

대한민국 주부들이 미국 주부에 비해 경쟁력이 떨어진다고? 어디가 어떻게?

따져 보니 우리나라와 미국은 주부들의 가사노동을 보는 시각이 달랐다. 한국 주부의 연봉 기준이 된 법원 판결은 주부의 월급을 인부 일당을 근거로 환산했다. 그래도 단순 육체노동보다는 조금 더 특별 대우를 해서 일당 1만 5천 원이 추가된 일당 7만 4,230원의 특별인부로 계산을 했다.

미국에서는 주부의 역할을 10가지로 정의한 뒤 시간당 노동 가치를 곱해서 몸값을 계산했다. 즉 주부의 일과를 가정부, 요리사, 보육시설 교사, 세탁소 운영자, 운전사, CEO, 간호사, 집 수리공 등으로 쪼갠 뒤 해당 직업의 월급을 감안하여 주부 연봉을 책정한 것. 똑같은 일을 하고도 대한민국 전업주부들은 응당한 대접을 받지 못하고 있는 것이다.

워킹맘과 전업주부는 공통의 원초적 문제를 끌어안고 있다. 그러나 이 두 부류의 여자들은 서로를 경계한다. 내가 가장 안타까움을 금치 못하는 부분이 이것이다.

한 친구는 나에게 학부모 모임에서 전업주부 엄마들은 워킹맘들을 의도적으로 '은따(은근히 따돌림)' 시킨다고 솔직하게 말했다.

바깥일을 하는 엄마들은 집에서 살림하는 엄마들과는 달리 아이를 자율적으로 키우는 편이다. 개중에는 달리 방법이 없어 아이를 거의 방치하다시피 하는 엄마들도 있다. 아이의 일거수 일투족을 관리해야 마음을 놓는 전업주부 엄마들로서는 그것이 영 마땅치 않은 것이다. 자기 아이가 그 아이와 친구가 될까봐 우려한다. 또 그들은 워킹맘들이 상대적으로 교육정보에 어두운 편이므로 친하게 지내봤자 득이 될 게 없다고 생각한다는 것이다.

친구의 지나치게 솔직한 말에 나는 약간 충격을 받긴 했지만 도움이 되었다. 엄마들 모임에서 나 역시 그런 느낌을 받을 때가 있다. 그럴 때면 아이들 교육과 진로 방향, 유학이나 취업에 도움이 될 만한 정보를 엄마들에게 건네면서 서로의 간격을 좁히려고 애를 썼다.

두 그룹의 엄마들은 적이 되기보다는 동지가 되어야 한다. 그들이 연대하고 공조하면 대단히 큰 시너지 효과를 낼 수 있다. 아울러 전업주부라는 위상과 경험은 엄청난 부가가치가 될 수 있다는 걸 말하고 싶다. 일하는 여자들에게 가사 능력을 가진 여자들은 훌륭한 파트너가 된다. 반찬은 기가 막히게 잘하지만 수납이나 정리 능력은 제로인 전업주부에게도 파트너는 필요하다.

몇 년 전까지만 해도 맞춤 제사상이나 차례상이 이렇게 인기를 끌 줄은 몰랐다. 초기에는 제사상을 남의 손으로 마련한다는 사실 자체에 대한 거부감이 컸다. 하지만 맞춤 제사상의 주문은 갈수록 증가하는 추세이다.

더운 여름에 땀을 흘려가며 전을 부치고 생선을 찌고 탕을 끓이느라고 고생을 하느니 맞춤 제사상으로 대신하고, 그 시간을 고인의 추모와 가족 간 우애를 다지는 데에 활용하는 것이다. 안주인이 직장생활을 하는 경우라면 더욱 요긴할 것이다.

만약 이런 오더를 이웃의 음식 솜씨 좋은 주부가 맡아준다면 어떨까? 서로에게 좋은 일이라고 본다.

요리 잘하는 사람은 요리로 승부한다. 바느질 잘하는 사람은 바느질로 돈을 벌고, 아이를 잘 돌보는 사람은 육아 도우미로 나서는 것이다. 각자 자신의 소질과 재능을 살려 전문화하는 것이다.

아내들이여 아웃소싱하자. 우리도 아내를 만들자. 우리, 서로에게 아내가 되자.

제발
아기를
낳아주세요

　우리나라 노인들의 의식도 바뀌어야 한다.

　손자를 봐주는 일은 결코 부끄러운 일이 아니다. 물론 여력이 된다는 전제가 따르지만 그것은 자신이 가장 잘할 수 있는 일을 찾아서 하고 있는 것이다. 육아 문제로 고통받는 내 자식을 돕는 일이다. 다음 세대를 위해 가장 구체적인 도움을 주고 있는 것이다. 노인들 스스로 자부심을 가져야 한다. 노후설계가 안 되어 있고 경제적 어려움을 겪는 노인들만이 손자를 봐준다는 말은 하루 속히 한물 간 농담이 되어야 한다. 내 바람은 노인 고용창출도 하고 사회 지적자본(손자) 창출에도 기여할 겸, 노인들이 손자 양육에 도움을 주고 국가에서 비용 보조를 해주는 것이다.

딸과 며느리의 의식도 바뀌어야 한다.

왜 어머니가 손주를 길러야 한다고 생각하는가. 어머니는 어머니의 인생이 있다. 나이 들어 힘 달리고 몸도 성치 않은데 애보기로 말년을 저당 잡히고 살아야 한다는 건 억울하고 우울한 얘기다.

언젠가 동네 약국에서 아기를 업고 온 할머니를 만났다. 할머니는 땅이 꺼져라 한숨을 내쉬며 말했다.

"아휴, 내가 아주 답답해 죽겠어……."

"왜요? 무슨 일인데 그러세요?"

마흔 줄의 여자 약사가 할머니에게 약을 내드리며 곰살궂게 물었다.

"애가 감기에 걸렸는데 며늘애는 내가 애를 밖에 데리고 나가서 그렇다는 거야. 절대 나가지 말라고 얼마나 무섭게 구는지……. 친구들이 오라고 성화를 대는데 노인정에도 못 가고 꼼짝없이 집에만 있으려니 감옥살이가 따로 없어……."

갑자기 말을 하고 나니 더 서러운 생각이 들었던지 나를 돌아보는 할머니의 표정이 울먹울먹했다.

어머니는 봉이 아니다. 어머니의 시간을 방해해서는 안 된다. 경제활동을 하지 않는 노인이라고 해서 마치 시간을 맡겨놓기라도 한 양 함부로 빼앗을 생각을 해서는 안 된다는 말이다. 어머니가 손자를 길러주는 것을 당연시해서는 곤란하다. 어머니가 아이 기르는 게 좋아서 허락을 했겠는가. 내 아들딸이 고생하는 게 측은하고 안쓰러워서 어쩔 수 없이 허락한 것이다.

"엄마, 언니 애는 봐줬잖아. 근데 우리 애는 왜 안 봐줘?"

"어머님 너무 하셔요. 외손자는 봐주셨으면서 친손자는 왜 안 봐주셔요?"

울며 겨자 먹기다. 이 땅의 어머니들은 만년 보모 생활을 하면서 힘들다는 말도 못한다. 그저 속으로 골병이 들 뿐이다.

"우리도 어머니에게 부담 지우고 싶지 않아요. 그런데 아무리 돌아보아도 아기를 안심하고 맡길 데가 없어요. 그래서 우린 아이를 안 낳아요."

젊은 부부들이 아이를 낳지 않는 이유이다. 저출산 문제의 핵심이다.

다른 나라들은 어떻게 하고 있을까.

덴마크는 대부분 60세가 넘어서까지 일을 하기 때문에 딸이나 며느리의 육아를 도와주고 싶어도 그럴 수가 없다고 한다. 또 어려서부터 자립심과 독립심이 강한 여성으로 자란 그들은 어쩔 수 없는 경우가 아니면 친정어머니나 시어머니에게 절대 기대려들지 않는다고 한다. 게다가 그들 나라는 육아를 위한 제도적인 뒷받침이 잘 되어 있어서 가족에게 도움을 청할 필요가 없다.

제도적인 뒷받침! 바로 이것이다.

덴마크, 스웨덴 등 유럽의 선진국들은 육아를 위한 휴가 제도가 잘 되어 있다. 덴마크에서는 일 년간의 유급휴가 후 직장에 복귀할 때 아이를 유아원에 맡기거나 동네의 개인 보모에게 맡긴다. 개인 보모란 동네에서 그룹을 만들어 자기 아이를 포함한 서너 아이를 한꺼번에 자기 집에서 돌보는 사람이다. 그 사람의 월급은 구청에서 준다.

워킹맘의 경우 대체로 오후 4시면 퇴근하므로 부담이 적은 데다가 저녁에 외출할 경우엔 아빠가 아이를 돌보는 것이 아주 자연스럽다. 또 동네마다 아기클럽이 있어서 갓난아기를 둔 엄마들이 서로 필요할 때 아기를 봐주기도 한다.

프랑스는 정부에서 양육비를 보조해 준다. 유급휴가제 외에 원하면 무급휴가가 가능하고 정규직이든 비정규직이든 상관없이 주당 35시간 이상 일하면 특별휴가를 신청할 수 있다. 탁아시설도 잘 되어 있다. 시설은 충분히 교육받은 전문가들에 의해 운영되며 아이를 맡기는 데 시간당 1달러 정도이다. 또 아기를 낳은 지 3개월 되면 매일 집으로 도우미를 보내서 아기 재우기 등을 가르치는 서비스도 공짜로 누릴 수 있다.

　우리가 벤치마킹하고 싶은 것은 이러한 사회적 시스템이다. ‘아이는 사회가 함께 키운다’는 그들의 의식이다.

　여건이 되면 누구나 아이를 낳아 기르고 싶어할 것이다. 아이 기르기 좋은 나라. 우리나라가 하루빨리 그렇게 되었으면 좋겠다. 내 딸이 아기를 안고 ‘봄날은 간다’를 울며 부르는 일이 다시는 없어야 할 것이다.

쓸모없는
경험은
없다

　나는 아나운서와 아줌마 사이에서, 일과 아이 사이에서, 가고 싶은 미래와 발목을 잡는 현실 사이에서 몸부림을 치며 이를 악문 적이 한두 번이 아니었다. 그렇게 고군분투해도 내가 버는 건 아이 키우는 데 다 들어가고 남는 게 없는 것 같았다. 우리말도 잘 못하는 조선족 아주머니에게 돈을 주고 애를 맡기느니 차라리 내가 직장을 그만두고 집에서 아이를 키우는 게 낫지 않을까……. 그런 생각을 하루에도 수없이 했다.

하루는 출근 준비를 하는데 아주머니가 아이에게 그림책을 보여주고 있었다. 아주머니는 개구리로 보이는 한 동물을 가리키며 "하마, 하마!"라고 말했고 아이는 그걸 열심히 따라했다.

"어, 아줌마, 그거 하마 아니에요."

"이거이 중국어로 하마라 하는데 이거 하마 아니래요?"

한숨조차 나오지 않았다.

말 잘하는 아나운서 엄마를 두었으면 뭐하나. 아이는 자기 엄마 얼굴 보기도 힘들고 어눌한 조선족 아주머니에게서 엉뚱한 말이나 배우고 있는 현실이라니……

뭔가 잘못 되어가고 있어. 아무래도 이건 아니야. 내가 대학 나온 엄마면 뭐해. 정작 아이는 내 영향권 밖에 있는데……. 엄마가 많이 배우고 똑똑하면 뭐해. 제 아이에게 글 한 줄 읽어줄 시간이 없는데……

출근했다 돌아오면 지쳐 쓰러지고, 삶은 그야말로 전투였다. 그리고 그 전투에서 나는 언제나 패잔병인 것 같았다. 날마다 피로감과 함께 스트레스가 쌓여갔다. 때로 절망했고 모든 걸 그만두고 싶다는 생각이 밀려들었다.

"엄마, 나 일 그만하고 집에 있고 싶어!"

나는 툭하면 엄마에게 푸념과 하소연을 했다.

그럴 때면 친정어머니는 나를 달래며 독려했다.

"그래도 일을 해야 한다. 나는 너를 잘 알아. 넌 집에 들어앉아 애만 키울 사람이 아니야. 네 성격상 동네 부녀회장이라도 해야 직성이 풀릴걸. 그러니 어떡하든 일을 계속 해라. 아이는 금방 큰다. 애가 엄마를 필요로 하는 건 불과 몇 년이야. 여자도 이젠 자기 일이 있어야 한다. 너 살림만 하라고 내가 대학 보낸 줄 아냐. 누구든 자유로워지고 싶으면 우선 경제적으로 독립을 해야 하는 거다!"

어머니의 레퍼토리는 늘 한결같았다. 지금 나는 어머니에게 감사한다. 어머니의 위로와 현명한 조언이 없었더라면 아마 오늘의 나는 없었을 것이다. 어머니는 내 인생의 첫 멘토였다. 어머니는 나를 누구보다도 정확히 알고 있었고, 순정적인 지지자인 동시에 가장 충실한 조언자였다.

나는 희망한다. 나도 이 다음에 내 딸에게 우리 어머니와 같은 멘토가 되기를…….

돌이켜보면 나의 가장 찬란했던 봄날은 일과 아이 사이에서, 현실과 미래 사이에서 갈등하고 조바심을 치며 살아내야 했다. 하지만 그것이 늘 절망적인 것만은 아니었다. 아이들이 크면서 나는 엄마로서의 역할에 더 잘 적응하게 되었고, 나 역시 성장하고 있음을 알게 되었다.

자궁을 가진 여자에게 아이는 운명이다. 생물학적 견지에서 볼 때 남자들은 씨를 뿌리는 것으로 끝이다. 하지만 여자는 본능적으로 품고 기른다. 낳고 기르는 과정을 통해서 여자들은 수없이 나(자아)를 죽이는 경험을 한다. 그러면서 스스로가 둥글둥글해진다. 나는 여자의 자궁이 둥근 것까지도 어쩌면 조물주의 깊은 뜻이 아닐까 하는 생각을 한 적이 있다.

주변을 돌아보면 딸들이 부모에게 더 극진하다. 자매들이 더 우애 있으며 나이가 들수록 더 재미있게 잘 지낸다. 여자들은 커뮤니케이션에 더 능숙하고, 노년에는 주위 사람들과 잘 융화하며 지낸다. 이 모든 것이 여성 안에 내재된 모성성에 그 뿌리를 두고 있다고 나는 생각한다. 여자들은 낳고 기르는 고통 속에서 강한 모성성을 획득한다. 그것은 보상인 동시에 특권이다.

고통총량의 법칙이라고 했던가. 누구나 삶에 고통은 있다. 양상이 다르긴 해도 총량은 동일하다고 하던데, 인생에 있어 어느 순간도 쓸모없는 경험은 없었던 것 같다.

메이킹
패밀리
시대

　직장에서 또는 일로 만나는 후배들 중에는 간혹 결혼은 하기 싫은데 아이는 꼭 갖고 싶다는 말을 스스럼없이 하는 이들이 있다. 어른들이 들으면 당장 "예끼 이놈!" 할 그 말이 젊은 세대에게는 가능성 있는 미래가 되고 있다.

　실제로 방송인 허수경 씨는 얼마 전 예쁜 딸아이를 품에 안음으로써 아이는 낳되 아버지는 없는 싱글맘 가정을 실현했다.

그의 출산 과정과 육아 일상 등을 담은 TV 프로그램을 보았는데, 그토록 기다리던 아이를 낳게 된 기쁨 사이로 홀로 아이를 길러야 하는 싱글맘의 애환이 문득문득 읽혔다. 하지만 충분한 고민 끝에 싱글맘의 길을 스스로 선택했다는 고백에서 알 수 있듯이 아이를 낳기로 한 순간 그는 강한 엄마로 다시 태어난 것이다.

물론 부성을 느낄 기회조차 갖지 못한 아이에게는 미안한 일이다. 그러나 싱글맘 가정도 새로운 가정 형태로 정착되고 있음을 인정하고, 그 안에서 태어난 아이들이 건강한 몸과 마음을 갖고 자랄 수 있도록 사회가 도와줘야 할 것이다.

재혼으로 인해 재구성된 가정도 이제는 낯설지 않다.

예전의 동화나 소설, 판소리 등에서는 대체로 편부 편모 가정의 일상을 위태롭게, 계부 계모의 캐릭터를 악하고 차갑게 묘사해 왔다. 그러나 요즘은 어린이 동화도 터부시했던 가족관계를 거부감 없이 받아들이고, 보통의 가정과는 다른 형태의 가정도 자연스럽게 인정할 수 있는 분위기로 유도하고 있다.

2008년 1월 1일부터 호주제가 완전 폐지되어 엄마의 성을 쓸 수 있도록 호적법이 바뀐 것도 이러한 변화와 시대적 흐름을 반영한 것으로 보인다.

얼마 전 재미있게 읽은 공지영 씨의 소설 《즐거운 나의 집》은 성이 각기 다른 세 자녀와 한 엄마가 사는 이야기였다. 자전적 요소가 얼마간 포함된 것으로 알려진 소설 속의 세 아이들은 자신들의 아버지가 저마다 다르다는 것이나 엄마의 새 애인에 대해서 대체로 거부감 없이 받아들이는 편이다. 나는 다른 무엇보다도 아이들을 그렇게 티 없이 키울 수 있는, 혹은 그리고자 한 작가의 모성이 참으로 놀랍고 부러웠다.

그런가 하면 전경린 씨의 《엄마의 집》에서 주인공 노윤진은 전 남편이 갑자기 맡기고 사라진 후처 자식 승지를 집에 들인다. 노윤진은 승지에게 자신을 '친척 아줌마'라고 부르라고 하면서 자신의 피가 전혀 섞이지 않은 그 아이를 가족으로 받아들인다. 이것이 가능한 것은 그가 이혼 후 경제적으로 심리적으로 완전한 자립을 이루어 자기 집을 가지고 있기 때문일지도 모른다. 운동권의 이력을 가지고 있는 무능력한 남편과 이혼하고 대학생인 딸 호은을 키우며 살고 있는 그는 집을 사기 위해 악착같이 일을 하며 돈을 모아왔다. 보기에 따라서는 비정상적인 그 가정도 강인한 '엄마 근성'으로 만들어진 탄탄한 한 가정이다.

작가 전경린 씨가 말하고자 하는 엄마의 집이란 무엇일까. IMF 이후 가정이 해체되고, 엄마들이 스스로의 집을 갖기 시작하여 여성들이 경제적으로나 정신적인 면에서 주체적인 삶을 살기 시작했음을 의미한다고 보아진다.

주위를 둘러보면 싱글들만으로 이루어진 가족도 늘고 있다. 일

잘하고 늘 활기찬 회사 동료 K씨네 집이 그렇다. 올드미스인 그는 모계 가정의 세 번째 여자다. 일찍 혼자가 된 어머니와 자신보다 두 살 많은 올드미스 언니, 그리고 역시 올드미스인 자신까지 집에는 여자들 셋만 살고 있다. 얼마 전 고희를 넘긴 어머니는 딸들이 혼기를 놓친 걸 그다지 걱정하지 않는다. 딸들에게 결혼을 강요한 적도 없다. 여자 나이 서른이 넘으면 걱정이 한 가득이고, 마흔을 넘기면 집안의 우환이라고 생각하는 그 세대의 다른 엄마들과는 달리 K씨의 어머니는 결혼이란 반드시 해야 하는 거라고 생각지 않는다.

세 여자는 친구처럼 살고 있다. 함께 여행하고 쇼핑하고 저녁이면 고스톱을 치며 깔깔거리는 일상이 해피하기만 하다. 지금처럼 함께 늙어가기를 원하며 이대로가 너무나 행복하다고 입을 모아 말한다.

그런가 하면 돌싱(돌아온 싱글)인 내 친구는 아버지와 어머니, 그리고 원싱(원래 싱글) 여동생과 함께 살고 있다.

얼마 전까지 돌싱은 '말할 수 없는 비밀'이었다. 친구를 만나도 이혼했다는 얘기를 쉽게 꺼낼 수 없고, 상대방도 어떻든 최대한 모른 척 해주는 게 도리라 여겼다. 그러나 돌싱은 이제 더 이상 흉이 아니다. 오히려 돌싱들이 결혼을 더 잘하는 시대다. 아이가 있는 돌싱과 총각의 만남을 심심찮게 보고 결혼정보업체들도 재혼 시장을 집중 공략하고 있다.

분거 혹은 비동거 가족, 한 부모 가족, 재혼 가족, 입양 가족, 다문화 가족, 공동체 가족, 동성애 혹은 이반 가족, 미혼, 비혼, 동거 부부 등등 세상에는 너무나 많은 다양한 가정이 존재한다. 시대가 변하면서 주체적인 사고에 의해서, 또 어쩔 수 없는 상황과 필요에 의해서 가족의 형태도 변해가는 것이다.

가족이라면 으레 부모와 아이로 구성된 집단이라고 생각하던 관념의 틀을 벗어나기 시작한 이 시대는, 어쩌면 모두가 꿈꿔오던 가장 주도적이고 주체적인 '가족 만들기'가 가능한 또 다른 신세계인지도 모른다. 그러나 우리는 그들을 '결손가족'이라고 부름으로써 그들에게 보이지 않는 폭력을 휘두르고 깊은 상처를 입히곤 한다. 4인 가족이 아니면 모두 결손가족인가. 전통적인 가정 형태가 아니면 모두 비정상적인 가정인가. 그것이야말로 비상식적인 관념이다. 우리는 그 사고의 틀에서 하루빨리 벗어나야 한다.

소설가 공지영 씨는 《즐거운 나의 집》의 작가 후기에서 다음과 같이 말하고 있다.

우리 가족이 남들의 기준으로 보면 뒤틀리고 부서진 것이라 해도, 설사 우리가 성이 모두 다르다 해도, 설사 우리가 어쩌면 피마저 다르다 해도, 나아가 우리의 피부색과 인종이 다르다 해도, 우리가 현재 서로 이해하지 못하고 있다 해도 사랑이 있으면 우리는 가족이니까. 그리고 가정이라는 이름에 가장 어울리는 명사는 바로 '사랑'이니까.

　모든 다양한 가정들은 행복에 대한 염원으로 이루어졌다. 어떤 사람도 불행하기 위해서 결혼하고 가족을 만들지는 않았을 것이다. 사랑으로 이루어진 세상의 모든 가정들은 존중받아야 하고 보호되어야 한다. 사랑하는 사람들이 행복하기 위해 한 지붕 아래 보금자리를 만드는 것, 그게 가족의 기원일 것이다. 내 가족이 소중하고 내 가족의 행복이 중요하다면 남의 가정도 그렇다. 거기에 정상, 비정상의 잣대는 필요치 않다.

아기 업은
부사장

사진자료집을 넘기다가 아이 업은 소녀 사진을 보았다. 열 살쯤 되어 보이는 소녀가 처네로 아기를 업은 채 고무줄 놀이를 하고 있는 동무들을 부러운 듯 바라보고 있다.

낯익은 풍경이다. 언젠가 사진 전시회에서 보았던 우리나라 1950, 60년대의 아이들은 소녀든 소년이든 다들 하나같이 등에 동생을 하나씩 업고 있었다.

오래된 흑백사진 속에서 어린 누이에게 업힌 젖먹이 동생은 마치 등에 쩔꺽 붙어버린 부속물 같아 보였다. 어머니는 소녀의 등에 젖먹이를 꽁꽁 얽어매듯 붙여놓고 일하러 나갔고 해 저물녘이나 되어야 돌아왔을 것이다. 그러고는 저녁밥을 먹을 때에야 비로소 소녀를 불러 등에 달린 혹을 떼어내고 젖을 먹였을 것이다. 그때까지 젖먹이 동생은 벽돌담에 들러붙은 담쟁이덩굴처럼 흠뻑 젖은 기저귀를 차고 종일 누이의 가파른 등에 꼼짝없이 매달려 있어야 했을 것이다.

이른바 '몽실이 누나' 세대의 이야기이다. 궁핍하고 어려웠던 시절이었고, 그때는 그것이 뉘 집이라 할 것 없이 흔한 일이었다고 들었다. 때로 어머니는 대여섯 살짜리 코흘리개의 등에 젖먹이 동생을 업혀놓고 일을 나가야 하는 경우도 있었을 것이다. 여섯 살, 지금 같으면 한창 부모 앞에서 어리광을 부릴 유치원생 아닌가. 그래도 그 시절의 어린 누이들은 당연한 것처럼 어린 동생을 거두면서 함께 컸다. 좀 더 큰 아이가 좀 더 어린 아이를 키우며 살 수밖에 없는 고단한 단상이다.

전후의 폐허 속에서 숱한 기적과 신화를 만들면서 우리나라가 이만큼 성장하기까지 어머니 아버지 세대의 피눈물 나는 노고를 감히 잊을 수 없지만, 생각해 보면 어린 누이들이 고사리 같은 손으로 제 아우들을 거두던 그 갸륵한 우애와 희생이 한몫했다는 것을 부인하지 못한다.

조국 근대화의 뒤안길에 한 가족의 복지를 기꺼이 등에 졌던 씩씩하고 정 깊은 어린 누이 여공들이 바로 그들이다.

아이 업은 소녀 사진을 들여다보며 나는 문득 떠오르는 기억이 있다.

2002년 모 회사에서 부사장으로 근무할 때였다. 그날은 지사장 교육이 있는 날이었다. 지사장 교육은 일에 대한 열정과 사업 의지를 불어넣고, 제품에 대한 정확한 지식과 확신을 갖게 하는 매우 중요한 과정이다. 영업의 가장 핵심 노하우, 실탄을 공급받는다 해도 과언이 아니다.

세미나실에서 교육이 진행 중일 때 잠깐 밖으로 나오니 복도 끝에서 어떤 엄마가 아기를 어르면서 어쩔 줄 모르고 있었다. 보아하니 교육은 받아야 하는데, 아기가 보채니까 방해될까봐 얼른 데리고 나온 것이었다. 당시 그 회사에는 탁아시설이 없었다. 지금도 그렇지만 직장에 아이를 데리고 와서 맡기고 일할 수 있는 곳은 그리 많지 않다.

나는 엄마의 품에서 돌배기 아기를 떼어냈다.

"얼른 가서 교육받으세요. 아기는 제가 업고 있을게요."

"아니 부사장님이…… 어떻게……."

"저, 이래봬도 아기 잘 봐요. 애기 엄마 경력 15년입니다. 걱정말고 들어가세요."

순간, 아이 엄마의 얼굴에는 참으로 여러 가지 복잡 미묘한 감
정이 얽혔다.

이 여자가 과연 내 아이를 잘 돌볼 수 있을까?

혹시 아이가 낯선 사람 품에서 더 심하게 울지는 않을까?

아이를 이렇게 맡기고 저길 들어가는 게 옳은 일인가?

그냥 집으로 돌아갈까?

이렇게 해서까지 이 일을 해야 옳을까……

쭈뼛거리며 망설이고 있는 아이 엄마에게 나는 더 단호하게 말
했다.

"당신이 가서 교육을 받아야 이 아이의 미래가 있는 거예요!"

그러자 아이 엄마는 더 이상 망설이지 않고 세미나실로 들어갔
다.

나는 얼른 아이를 업었다. 건네받은 띠를 단단히 매고 조용히
부사장실로 들어가 아기를 재우며 많은 생각을 했다. 그것은 일을
하고 싶어도 아이 때문에 쉽게 마음먹지 못하고 좌절하는 많은 엄
마들에게 느끼는 동료애이자, 그런 아픔을 먼저 겪은 선배로서의
짠한 마음이기도 했다.

며칠 후 직원 한 사람이 내게 사진 한 장을 건네주었다. 아기를
업고 재우는 내 옆모습을 찍은 스냅사진이었다. 그날 행사 사진을

찍던 직원이 내 모습을 보고는 그냥 지나치지 않고 사진으로 담아 두었던 모양이었다.

정장 수트 위에 아기를 업고 질끈 엑스 자로 띠를 묶은 사진 속의 내 모습은 한 손엔 무기를, 한 손엔 아기를 든 영락없는 여전사의 모습이었다.

"부사장님은 어떻게 그 상황에서 아기 업을 생각을 하셨어요?"

아직 미혼의 여직원 한 사람이 내게 정말 알 수 없다는 듯 물었다. 간단하다. 부사장이면 불가능하지만 엄마니까 가능한 얘기다. 나도 아이를 낳았고 길러본 여자니까 그럴 수 있었다.

가끔 미혼 비혼의 여자 후배들이 내게 묻는다.

"선배, 만약 결혼 안 했으면 어땠을 것 같아요?"

나는 망설임 없이 대답한다.

"결혼 안 하고 아이도 없었다면 적어도 외형적으론 지금보다 훨씬 나은 삶을 살고 있을지도 모르지. 우선 신체적 조건이 지금보다 더 나았을 것이고, 내가 도전할 수 있는 일도 훨씬 더 많았을 거야. 나는 더 유능하고 지금보다 훨씬 더 성공해 있을 거야."

"그럼 뭐야? 결혼 안 하고 애 안 낳는 게 좋다는 얘기네?"

"아니! 그럼에도! 내가 아이를 낳은 건 정말 잘한 일이었어."

다시 생각해도 그렇다. 그 어떤 외형적인 조건보다도 엄마라는 경험은 나에게 많은 내적인 성장을 가져다주었고, 사람을 이해하는 폭넓은 마음을 주었고, 어떤 험한 상황이라도 침착하게 돌파할 수 있는 여유를 주었다.

나는 그 엄마의 마음을 보자마자 알았고 한눈에 다 이해가 되었다. 내가 엄마였기 때문에 가능한 일이었다. 엄마이기 때문에 저절로 알게 되고 설명 없이 그냥 통째로 이해되는 일들이 세상엔 참 많다.

엄마의 삶은 세상을 더 풍성하게 한다고 나는 믿는다. 만약 내가 아이를 낳고 길러보지 않았다면 나는 그날 아기를 업을 생각 같은 것은 하지 못했을 것이다. 어쩌면 여성을 이해하지 못하고 아기를 데리고 교육을 받으러 오다니 프로 의식이 없는 여성이라면서 눈살을 찌푸렸을지도 모른다.

많은 엄마들이 돈을 벌고 싶어 한다. 돈을 벌고 싶은 이유가 자기 자신만을 위해서는 아니다. 대부분은 자기 아이를 위해서, 가족과 행복하기 위해서이다.

하지만 막상 돈을 벌러 나가려 할 때 발목을 잡는 사람은 누구인가. 바로 아이다. 이것이 한국 사회를 사는 여자의 딜레마이다. 나를 포함한 내 주위의 많은 여자들이 겪었고, 지금도 겪고 있는 현실이다.

전에 우리 집의 가사도우미 아주머니로부터 우연히 "일하러 오기 전에 아이들을 방안에 몰아넣고 문을 잠그고 온다."는 말을 들고 나는 기겁을 했다. 그 사실을 안 이상 마음이 불편해서 견딜 수가 없었다.

"그러지 말고 우리 집에 아이들을 데리고 오세요."

내가 진심으로 그렇게 말했음에도 아주머니는 아이들을 데리고 오지 않았다. 물론 생각이 없어서가 아니라 생각이 너무 많아서였을 것이다. 엄마로서 집에 두고 오기보다 데리고 출근하는 것을 왜 안 바랐겠는가. 마음속 깊이 원하던 바였겠지만 그로 인한 심리적 부담감이 더 컸던 모양이다.

아이를 위해 꼭 돈을 벌어야만 하는데, 아이의 우유값이라도 벌어야 하는데 아이가 발목을 잡고 있는 경우가 가장 안타깝다. 생각 같아서는 아기 업은 부사장을 많이 만들고 싶다. 아기를 기가 막히게 잘 돌보는 보모 로봇이라도 발명되면 좋겠다. 배고픈 아기에겐 우유를 먹여주고, 우는 아기는 솜씨 좋게 달래주며, 졸려서 보채는 아기는 업어서 재워주는 엄마 같고 누이 같은 보모 로봇을 어서 누가 만들어주었으면 좋겠다.

아, 제작자가 절대 잊지 말아야 할 것은, 아기를 업은 로봇의 등은 따뜻하고 편안한 '모체공학적'이어야 한다는 것이다. 그러면 아기는 평화롭게 잠들 것이고, 엄마는 불안을 떨쳐내고 더욱 열심히 일할 수 있을 것이다.

지속적으로 나를 움직일 말을 새겨놓자

'당신이 이전에 성취하지 못한 것을 이루기 위해서는 완전히 새로운 사람이 되어야 한다.'

내 책상 앞에 붙어 있는 브라이언 트레이시의 말이다.

나는 아침마다 이 글귀를 보고 생각하며 변화에 적극적으로 나를 던진다. 나를 이끄는 한마디를 눈앞에 붙여놓고 계속 보다 보면 어느새 그것은 내 안으로 흡수되어 보이지 않는 힘이 된다.

브라이언 트레이시는 성공학 강사로 유명한 미국의 CEO이다. 그의 강연을 한 번 듣기 위해서는 300달러를 지불해야 하지만 많은 사람들이 기꺼이 그것을 감수한다. 그는 접시닦이에서 외판원까지 안 해본 게 없다. 이를테면 밑바닥 인생까지 모두 경험한 사람이다.

내가 그에게 끌리는 가장 큰 이유는 그가 실패학의 아버지라는 것이다. 우리가 매체를 통해 알게 된 성공한 사람들의 대부분은 자신이 성공하기까지의 그늘에 대해 자세하게 늘어놓기를 싫어한다. 그러나 그는 다르다.

그는 실패를 반복하다 보면 결국은 똑똑해져서 실패를 하지 않게 된다고 말한다. 브라이언 트레이시만큼 실패에 대해 잘 알고, 많이 얘기하는 사람도 드물다. 그의 강의가 감동을 주는 것은 그가 실패의 현장 경험을 풍부하게 갖고 있기 때문이다.

나를 움직일 수 있는 말을 눈에 잘 띄는 곳에 붙여놓고 계속 나에게 주문을 걸어라. 그것은 나를 변화시키고 이끌어간다.

또한 소망이 이루어진 자신의 모습을 꿈꾸고, 그것을 되풀이하여 말하거나 글로 적으면 꿈을 이룰 확률이 높아진다. 목표를 글로 적어놓고 자주 들여다보라.

■

나는 일등을 하고 싶었다.

내 가치를 높이고 싶었다.

그래서 더 잘할 수 있는 다른 길을 찾은 것이다.

■

■

■

re

3장

변신

자기절제 능력이
리더십의
출발이다

물건을 팔지는 않지만 팔도록 만든다.

그것이 내가 지금 하는 일이다. 일하고 싶어 하는 여성들에게 일자리를 주고, 그들이 사회에 정착할 수 있도록 도와주는 일이다. 각 지사들이 영업을 잘할 수 있도록 돕는 것이다.

생각을 바꾸게 하고 일에 대한 열정을 갖게 한다. 행동하게 하고 결단하게 한다. 그렇게 해서 그들의 성공을 돕는다. 사람들은 그걸 어려운 말로 '변화경영'이라고 한다.

그것을 한마디로 잘라 말하기는 어렵다. 다만 여성들과 함께 일하면서 한 가지 사실만은 분명하게 알게 되었다. 영업이라는 건 '맨땅에 헤딩' 식의 돌쇠정신으로 하는 게 아니라 정교하고 세련된 소통이라는 사실이다.

따라서 영업으로 승부하고 싶다면 일단 자신과의 소통이 먼저 이루어져야 한다. 나는 이 일을 왜 하려고 하는가. 이 일로 무엇을 얻고 싶은가. 이 일은 나에게 현재인가 미래인가. 가장 먼저 그것이 확립되어야 한다.

내가 방송일을 그만두고 기업에 몸을 담자 왜 이 험난한 길로 왔느냐고 묻는 사람들이 많았다. 그들은 남들이 다 알아주는 아나운서, 평생 직장이라고 할 수 있을 방송사를 그만둔 것이 이해되지 않는다고 했다. 그때마다 나는 돈을 많이 벌고 싶고, 사람들과 같이 일하고 싶고, 다른 사람의 성공을 돕는 일을 하고 싶어서였다고 거침없이 말하곤 했다.

당신이 지금 하고 있는 일을 '왜 하는지' 3초 안에 대답할 수 없다면 당신은 그 일에 대해 다시 생각해 볼 필요가 있다. 그리고 둘 중 하나를 결심해야 할 것이다. 3초 안에 대답할 수 있을 만큼 그 일을 열정적으로 하든지, 아니면 이제라도 그런 일을 찾아 나서야 한다.

박수 치고 노래하고 춤을 추면서 웃다보면 어느 순간 정말로 기분이 좋아진다. 행복해서 웃는 것이 아니라 웃다보니 행복해지더라는 말이 있다. 기분 좋을 때 웃는 건 개나 원숭이도 할 수 있다. 기분이 좋지 않아도 웃을 수 있는 건 인간밖에 없다. 그런데 억지로 웃는 것이나 정말 좋아서 웃는 것이나 효과는 같다고 한다.

플러스 발상은 우리 몸과 직접적인 연관이 있다. 과학자들은 긍정적이고 발전적인 생각을 할 때 우리의 뇌에서 베타 엔돌핀이 분비된다는 사실을 밝혀냈다. 베타 엔돌핀은 면역력을 높여주고, 면역 세포를 강하게 만든다. 그래서 세균이나 바이러스를 물리친다. 그것은 암이나 에이즈 같은 병에도 강한 저항력을 발휘한다고 한다. 웃으면 웃을수록 병이 달아난다고 주장하는 웃음 치료의 이론적 근거도 여기에 있으리라 본다.

우울증이나 조울증 환자가 아닌 이상 기뻐하기로, 즐거워하기로 마음먹으면 우리는 충분히 그렇게 될 수 있다. 그렇게 마음먹지 않기 때문에 저조하고 불쾌한 기분에 머물러 있는 것이다. 결단하면 감정은 따라온다.

감기를 낫게 하기 위해 약의 도움을 받기도 하지만, 보다 근본적인 치료는 외부 바이러스에 대한 면역력을 길러야 한다. 이를테면 환경으로부터 자유로워지는 일이 그것이다.

나쁜 소식, 남과의 비교, 절핍의식 등 불안과 공포를 조장하는 그 어떤 환경에도 휘둘리지 않겠다고 다짐하는 것이 중요하다. 괜찮다, 문제없다, 다 잘 되어가고 있다고 스스로를 향해 마음을 다져 먹으면 어느새 일은 정말로 성공적으로 잘 되어가고 있다.

리더십이란 복잡하고 어려운 게 아니다. 타인을 이끄는 것이 아니라 우선 자기 자신을 이끌어가는 것이다. 내가 나를 통제하고 이끄는 것, 즉 자기절제 능력이 리더십의 출발이다. 자신을 움직일 수 있는 사람이라야 남을 설득할 수 있다.

원리는 너무도 간단하다. 나 스스로가 내 몸과 마음을 잘 돌보고 다스리는 사람이 되어야 한다. 남이 한 말에 지나치게 몰입해 자신을 과소 평가하거나 과대 평가할 이유가 없다. 누가 뭐래도 나는 나다. 바로 그게 자기 정체성이다. 나의 '나다움'을 찾아가는 것, 그게 리더십의 핵심이다.

타인에 의해 규정된 나는 내가 아니다. 지금은 비록 만족스러운 모습이 아닐지라도 현재의 나를 포함해 꿈꾸는 미래도 오롯이 나다.

나의 나다움을 찾아보자. 내가 더 잘할 수 있는 일을 찾아보자.

내가 아나운서를 그만두고 전과 다른 세상으로 나온 것은 그런 생각에서였다.

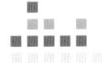

가다랑이와
넙치

내 생각에 세상에는 두 종류의 사람이 있는 것 같다.

가다랑이 과(科)와 넙치 과 사람.

가다랑이는 한시도 가만 있지 않고 바닷속을 계속 돌아다니면서 먹이를 찾는다. 넙치는 가만히 있다가 먹이가 다가오면 일시에 확 덮쳐서 먹이를 구한다고 한다.

둘 다 먹고사는 것은 같다. 하지만 가다랑이가 훨씬 잘 먹고 잘 산다. 넘치는 가다랑이가 느끼는 성취감을 평생 느끼지 못하고 지낼 것이다.

사람도 마찬가지다. 어떤 사람은 주어진 대로 만족하며 안주해서 산다. 적당한 직장에서 월급을 받으며 적당한 사람과 결혼해 적당한 집에서 산다. 월급을 올려주면 올려주는 대로 인센티브를 주면 주는 대로 자신이 누리는 현재에 만족하며 그 세상이 전부라고 생각하며 산다. 그는 비슷한 나이, 비슷한 학벌의 다른 사람들이 더 많이 성공한 이야기를 들을 때마다 부럽기는 하지만 자신과는 다른 부류라고 생각한다.

하지만 과연 그럴까?

전에 내가 부사장으로 있던 직장에서의 일이다.

대학을 졸업하고 다른 직장에 있다가 우리 회사 경력사원에 지원한 K씨는 원래 영업팀장이 목표였다. 그러나 면접 볼 때부터 그를 보아온 나는 K씨가 가지고 있는 번득이는 기획력을 눈여겨보았다.

"당신에게는 다른 사람이 가지지 못한 것이 있어요. 그것을 자꾸 계발해야 해요."

나는 그를 부추겼고 그에게 교육기획을 맡겼다.

그는 영리한 사람이었다. 트레이닝을 통해서 자신에게 그 방면에 자질이 있음을 알게 되었고, 그때까지 경험하지 못한 새로운 분야를 마스터하기 위해 부지런히 일했으며, 그 결과 지금은 세일즈 매니저들을 교육하는 교육기획 전문가로서 꽤 탄탄한 입지를 가지고 있다.

K씨는 나를 만나면 늘 자신에게 새로운 기회를 준 것에 감사하다고 말한다. 내가 자신의 인생을 바꿔놓았다고.

물론 그의 가능성을 먼저 알아본 건 나지만 그가 만일 새로운 먹이를 찾아다니는 가다랑이가 되기를 거부하고 마냥 기다리는 넙치 과의 사람으로 안주하려 했다면 어땠을까?

요즘 사람들은 비록 돈을 많이 벌지 못해도 자기가 성장할 수 있는 직장을 선호한다. 자기 존재를 인정받고 노력을 들인 만큼 성취감을 얻는 곳에서 일하고 싶어 한다.

휴머니티를 기반으로 하는 경영철학과 탁월한 리더십으로 유명한 메리케이 코스메틱 사의 CEO인 메리 케이 역시 사람을 세 부류로 나누었다.

첫 번째 타입은 끊임없이 뭔가 일을 만들고 도전하는 사람이다. 그런 사람은 진취적이고 정열적인 리더가 될 수 있다.

두 번째 타입은 그런 사람에게 계속 박수 치는 사람이다. 나도 저런 사람이 되고 싶다는 동경을 안고 살아간다. 스스로 변화를 만들어 나갈 수는 없지만 언제든 기회가 왔을 때 그것을 놓칠 염려는 없다.

마지막으로, 세상에서 그 어떤 일이 일어나는지 모른 채 살다가 죽는 사람이다. 한마디로 더 넓은 세상이 있다는 걸 알지 못한 채 우물 안 개구리로 살다가 거기서 죽는다.

어떤 부류의 사람으로 살 것인가는 전적으로 당신의 선택에 달려 있다.

몽테뉴는 일찍이 자신의 저서인 《수상록》에서 이렇게 말했다.

"노인이란, 자기가 다른 사람으로 변화될 수 없다고 생각하는 사람이다."

우리는 나이듦을 걱정할 게 아니라 우리의 사고가 낡아짐을 걱정해야 한다. 몽테뉴가 살던 4백여 년 전이나 우리가 살고 있는 지금이나 자신을 경영하는 원칙은 다 같다.

명심하라!

우리는 믿는 만큼 자신감만큼 젊어지며, 의심하는 만큼 늙고, 희망하는 만큼 젊어지며, 절망하는 만큼 나이 먹는다.

종이를 줍더라도
자기 일을
가져라

비즈니스로 사람을 상대해 본 적이 전혀 없는 여성들이 일정 교육을 통해 컨설턴트로 변신에 변신을 거듭하는 과정은 흥미진진하면서도 고무적이다. 지금 내가 하는 일이 바로 여성들을 변신시키는 일이다.

전에 있던 회사에서 만난 '영업의 달인'이란 별명을 갖고 있는 K씨. 우리는 종종 그를 '초 울트라 수퍼 긍정 우먼'이라고 부른다.

입사하기 전 그는 분식집에서 설거지 아르바이트를 했다. 남편이 경찰인데 월급만 갖고는 아이들 공부시키고 살림하기 빠듯해서 무슨 일이든 해야겠다는 생각에 낮시간 동안 파트타임으로 학교 앞 분식집에서 설거지를 거들었다. 그만하면 괜찮은 자리였는데 문제는 방학이었다. 방학이 시작되면 분식집은 개점휴업 상태라서 일을 쉬어야 했다.

쉬고 있던 어느 날 그는 전봇대에 붙은 주부사원 모집 광고를 보게 되었다. 달리 누구와 이야기할 것도 없고 그저 주방에서 설거지만 하던 아줌마 K씨가 모집 광고지를 들고 쭈뼛거리며 주부사원 교육 현장에 나타나던 장면을 상상해 보자.

10년 전 바로 그 자리에서 K씨는 다시 태어났다. 한 사람의 건강 매니저를 탄생시키기 위해서는 각종 건강 상식은 물론 인간 심리, 마케팅 전략, 사회 문제, 하다못해 인테리어, 풍수까지 수많은 재교육들이 이루어진다. "제품 하나 파는 데 뭐 그리 배울 게 많아, 그냥 팔면 되지……."라고 말할 수도 있다. 하지만 단순히 제품을 파는 게 아니고 고객의 건강을 책임지는 매니저 역할을 하고, 나아가서는 회사의 이미지를 파는 것이기 때문에 그와 같은 교육은 생각 이상으로 중요하고 의미가 있다.

K씨는 뭐든 스펀지처럼 빨아들였다. 게으름 피우지 않고 공부했다.

K씨의 장점은 무엇이든 긍정적으로 받아들이는 것과 '나는 아는 게 없으니 뭐든 새로 받아들이고 배워야 한다'는 낮은 자리 의식을 가졌다는 것이다.

K씨의 의식은 깨어나기 시작했고 풍요로운 정신에 걸맞게 외형도 나날이 세련되고 아름다워졌다. 하회탈 같은 푸근한 웃음으로 만나는 사람을 즐겁게 해주고, 겸손한 태도로 고객감동을 이끌어내니 주변에 사람들이 안 모일 수가 없다. 그는 월 매출 40억이라는 초유의 목표를 달성해 웬만한 기업의 CEO 수준으로 성장했다.

지사에서 판매 서비스 교육을 하다 보면 뭔가를 판다는 것에 부담을 느끼는 여성들을 만난다. 내가 이걸 사라고 하면 사람들이 나를 어떻게 생각할까. 무시하지나 않을까. 영업 판매를 한다는 걸 주변 사람들에게 알리고 싶지 않다. 이 나이에 사무직이면 몰라도……. 이런 생각 때문에 쉽게 입을 떼지 못한다. 자기 일에 대한 자부심이 없다. 자연 실적이 좋을 리 없다.

그런 분들을 보면 안타까운 마음을 금할 수 없다. 처음부터 잘 나가는 사람은 없다. 처음 시작은 미미하지만 가랑비에 옷이 젖듯 조금씩 경력을 쌓아가다 보면 그것이 언젠가는 큰 자산이 된다. 겉은 번드르르하지만 속에 아무것도 든 게 없는 것보다 훨씬 실속 있는 삶이 아닌가. 당신의 노년이 정말 걱정 된다면 한숨만 쉴 게 아니라 어떻게든 돈 벌 궁리를 해야 한다.

나는 주부들에게 자기 일을 찾아서 당당하게 경력을 쌓을 것을 권한다. 종이를 줍더라도 자기 일을 가지라고 말이다.

산골마을을 지나던 나그네가 물을 얻어먹기 위해 잠시 발길을 멈추었다. 마침 한 농부가 우두커니 앉아 있는데 무언가를 기다리고 있는 것 같기에 물었다.

"밀이 자라기를 기다리시는군요. 당신의 밀은 잘 자라나요?"

그러자 농부가 대답했다.

"밀은 심지 않았습니다. 비가 많이 올까봐요."

"아, 그럼 나무를 심으셨나보군요. 당신의 나무는 잘 자라나요?"

"심지 않았습니다. 말라 죽을까봐요."

"그럼 당신은 무엇을 심으셨습니까?"

농부가 매우 겸연쩍어하면서 대답했다.

"아무것도 심지 않았습니다. 저는 안전주의자입니다."

우리는 이런 어리석은 농부가 되어서는 안 될 것이다.

루스벨트 대통령이 남긴 유명한 말이 있다.

'아무것도 하지 않는 것, 그것은 당신이 할 수 있는 결정 가운데 최악의 것이다.'

작은 성공이
큰 성공을
부른다

　출전하는 경기마다 매번 우승을 차지하는 마라톤 선수가 있었다. 사람들이 그에게 비결을 물었다.

　"비결은 아주 간단합니다. 내가 뛰어야 할 거리를 몇 단계로 나눕니다. 첫 단계를 거의 다 뛰었을 때 나는 스스로에게 격려합니다. 잘했어, 이제 다음 단계를 뛰는 거야. 각 단계를 뛰었을 때마다 나는 나 자신을 칭찬하면서 잘 해보자고 격려합니다. 그러다 보면 어느새 결승점에 다다라 있습니다."

이번 베이징 올림픽에서 전 국민으로부터 사랑을 받은 마린보이 박태환은 수영 선수에게 가장 필요한 것이 '인내'라고 했다. 단 1초의 기록을 줄이는 목표를 위해 그는 매우 혹독한 연습이라는 현실을 인내해야만 했다. 밥을 먹는 것부터 화장실 가는 것에 이르기까지 모든 걸 목표를 향해 정교하게 만들어가는 것, 그것이 금메달을 따는 데 있어 유일한 조건일 것이다.

목표가 거창하면 빨리 지친다. 하지만 목표를 잘게 쪼개면 작은 성공을 경험할 수 있다. 이 작은 성공이 큰 성공을 부른다. 따라서 소화하기 좋도록 목표를 잘게 나누는 일부터 시작해야 한다. 이른바 '목표 썰기'.

'판단착시'라는 말이 있는데, 한마디로 '가랑비에 옷 젖는 줄 모른다'와 같은 맥락의 얘기이다. 연간 30만 원을 기부하는 건 어렵지만 하루 850원이라고 하면 훨씬 쉽게 느껴진다. 보험 회사들이 노상 부르짖는 '하루 얼마로 당신의 평생을 보장합니다'와 같은 광고도 그것이다.

당장 몸무게를 7킬로그램 빼야 한다고 생각해 보자. 두 달에 7킬로그램 감량. 어쩐지 어려워 보인다. 하지만 일주일에 1킬로그램 감량이라고 하면 한번 해볼 만하다는 생각이 든다.

한 후배가 가전제품 영업 사원을 만났는데, 그는 '커피 한 잔

값'으로 수백만 원짜리 고급형 벽걸이 TV를 살 수 있다고 주장했다. 후배는 대체 어떤 근거로 그렇게 말하는지 궁금하여 그의 의견을 들어보았다.

"한 번 구입하시면 최소 5년 이상 사용하실 겁니다. 지금 당장 구매하시고 매월 6만 원만 60회 불입하시면 됩니다. 하루 2천 원. 점심식사 후 마시던 스타벅스 커피를 자판기로 바꾸시면 꿈에 그리던 벽걸이 TV를 들여놓고 온 가족이 즐길 수 있어요."

후배는 꼼짝없이 당했다는 투로 말했다.

"결국 나는 계획에 없던 벽걸이 TV를 사게 되었지 뭐예요."

목표를 세울 때 또 하나의 원칙이 있다. 이왕이면 자기가 세운 목표를 떠들고 다녀라. '자기암시 효과'와 입으로 선언하는 '시인 효과'를 동시에 누리게 된다.

반 고흐와 피카소. 둘 다 재능 있는 화가였지만 그림 한 점 팔리지 않는 무명의 세월을 거쳤다.

고흐는 평생 가난했다. 평생 무명으로 살았고 가난과 병에 시달리다가 쓸쓸하게 죽었다. 반면 피카소는 10여 년간의 무명 시절을 끝으로 차츰 이름이 알려지기 시작하면서 부와 명예를 거머쥐었다. 그는 건강하고 부유한 화가로 그리고 싶은 그림 실컷 그리면서 자유롭게 연애도 하고 어떤 화가보다도 행복한 삶을 살았다.

혹자는 두 화가의 판이하게 다른 인생이 어쩌면 자기암시와도 같은 '말하기 습관'에서 비롯되었다고 말하기도 한다.

고흐는 평생 가난하고 불행하게 살 것 같다는 식의 부정적이고 비관적인 말을 일삼은 반면, 피카소는 주변 사람들에게 늘 이렇게 말했다고 한다.

"나는 그림으로 억만장자가 될 거야."

"나는 미술사에 한 획을 긋는 화가가 될 거야."

"나는 갑부로 살다가 갑부로 죽을 거야."

결국 피카소는 자신이 말한 대로 되었다.

자신의 목표를 주변 사람들에게 선언하는 것은 목표를 향해 행동하고 실천하지 않을 수 없게 만드는 효과가 있다. 이를테면 실천을 위한 배수진을 치는 것이다.

날씬해지고 싶은 사람은 "올해는 무슨 일이 있어도 살을 빼서 한 치수 적은 사이즈의 재킷을 사입겠다!"고 말하라. "당장 운동을 시작하겠다!"고 말하라. "오늘부터 호수공원을 두 바퀴씩 뛰겠다!"는 계획도 말하라.

조깅화로 갈아 신은 당신은 지금 호수공원을 향해 뛰어가고 있을 것이다.

당신도
오너가
될 수 있다

주부라면 누구나 한 번쯤 소호(SOHO, Small Office Home Office, 소규모 자영업을 뜻하며 보통은 컴퓨터와 정보기술의 발달 덕분에 가능해진 개인 사업을 뜻한다) 족이 되는 것을 꿈꿔봤을 것이다.

마찬가지로 소비자의 집으로 찾아가는 기존의 방문판매 사업도 소비자를 집으로 불러 모아 홈파티, 홈데모 서비스 형식으로 바꾸면 아파트 네트워크를 이용해 그 자리에서 오너가 될 수 있다.

판매에 자신이 없다고? 가게를 얻을 자금이 없다고?

가게가 없어도 얼마든지 판매가 가능한 시대이다. 집에서도 얼마든지 사업을 할 수가 있는 시대이다.

일본의 한 전직 공무원은 정년 퇴직 후 집에서 취미 삼아 시치미(양념의 일종)를 만들었다. 처음에 그는 지인들에게 선물을 하다가 반응이 좋자 이걸로 사업을 구상했다. 아내에게 컴퓨터를 배우게 해서 집에 앉아서 전국에 시치미를 팔고 있다. 인터넷 판매를 시작한 것이다.

당신이 지금 잘하는 게 무언지, 좋아하는 게 무언지를 알아야 한다. 그리고 좋아하는 것에 관심을 갖고 공부해야 한다. 좋아하는 것이 없다면 지금부터라도 만들려고 노력해야 한다.

당신이 만약 살림은 엉망이지만 언제 어디서든 아이들하고 노는 것 하나만큼은 정말 잘할 수 있다면 플레이 튜터(play tutor, 유아놀이 도우미)가 될 수 있다.

초등학교 이상의 자녀를 둔 엄마라면 맞벌이 부모의 아이를 낮 동안 보살펴주는 에듀시터(edu-sitter, 방과후 공부 도우미)로 제2의 인생을 시작할 수 있다.

남의 이야기를 들어주는 능력이 탁월한 여성이라면 자격 조건을 갖추어 전문 상담사로 일해도 좋겠지만 외로운 노인들을 대상으로 한 사업을 구상하는 것도 좋을 것이다. 고령화 시대에 맞추어 노인을 가족처럼 돌봐주는 간호 서비스라든가, 노인들에게 맞춤 도시락을 배달해 주거나 쇼핑을 대행해 주는 서비스업도 생각해 볼 만하다.

앞에 얘기한 전직 공무원의 예로도 알 수 있듯이 된장만 잘 만들어도 제2의 직장을 만들 수 있다.

원당 쥐눈이콩마을 음식점의 이혜선 씨가 그렇다.

시작은 그저 평범한 주부였다. 아이들을 공부시키기 위해 호주로 옮겨갔으며 그곳에서 7년을 살았다. IMF로 한국에서 생활비를 보내오기가 어렵게 되자 현지에서 돈 벌 궁리를 하게 되었다. 막상 할 수 있는 것을 따져 보니 음식 만들 줄 아는 것밖에 없었다. 그것도 한국 사람들한테나 먹히는 한식.

한식집을 오픈했다. 한식 고유의 맛을 손님들에게 전하기 위해 반드시 손수 장을 담가서 썼으며, 숱한 노력 끝에 각 나라 사람들의 입맛에 맞는 소스를 개발해 냈다. 한식집은 점차 입소문을 탔고 나중에는 외국인들에게까지 인기를 얻었다. 전직 여승무원을 직원으로 고용하는 등 고객 서비스와 마케팅에도 최선을 다했다.

아이들이 다 자라서 더 이상 엄마 손을 필요로 하지 않게 되자 그는 그간의 경험을 살려 한국의 슬로푸드에 관심을 가지기 시작했다. 그동안 한식집을 해서 번 돈으로 3년 전 지금의 원당지역에 쥐눈이콩 타운을 조성했다.

이곳에서 그는 성인병에 좋다고 알려진 쥐눈이콩을 활용한 웰빙 식사를 고안했다. 아울러 된장, 고추장, 두부, 청국장을 손수 만들었고, 그 외의 쥐눈이콩 가공식품을 다양하게 만들어 판매하고 있다.

처음에는 하나둘 소개로 오던 것이 이제는 너무나 많은 사람들이 찾아서 규모가 큰 사업이 되어버렸다. 그는 쥐눈이콩마을의 CEO가 된 것이다.

사업이란 사실 별 것 아니다. 별 것이라는 생각이 두려움을 가져온다. 처음부터 크게 하려고 마음먹으니까 별 것이 되는 것이다. 기대 수준을 높게 갖고 막대한 자금을 투자해 사무실을 따로 얻는 등 크게 벌이기보다는, 거실 한쪽 공간에 테이블을 들여놓고 거기서 출발하면 된다. 그러다가 차차 경험이 쌓이면 그 이상도 할 수 있다.

앞으로는 1인 기업 시대가 열릴 것이다. 자신이 자본이며 밑천이 되는 1인 마케팅 시대는 주부이기에 가능하다. 자신의 노하우를 사랑하고, 그것을 발전시킨다면 집에서도 직장생활 못지않은 성공을 이룰 수 있다.

일상에서
창의적인 발상을
발견하라

　　주전자 뚜껑에 작은 구멍 하나 뚫어서 돈방석에 앉은 일본인 후쿠이에 씨가 있다. 그저 평범한 샐러리맨인 그는 감기 몸살에 걸려 난로에 물 주전자를 올려놓고 잠자리에 들었다. 물이 끓자 주전자 뚜껑이 계속 덜컹거렸다. 그 소리가 어찌나 거슬리던지 잠을 이룰 수가 없었다. 마침 송곳이 눈에 띄었다. 그래서 송곳으로 뚜껑에다가 구멍 하나를 뚫었다. 그는 이걸로 특허를 받았다. 그를 부자가 되게 한 것은 아주 작은 구멍 하나였던 것이다.

나는 엉뚱한 생각을 많이 하는 편이며 그게 나쁘지 않다고 생각한다. 생각하다 보면 길이 열린다. 하나의 주제에 몰두하고 천착하다 보면 어느 순간엔가 아이디어가 나온다.

전화기와 카메라는 결코 하나로 묶일 수 없을 것 같았지만 누군가가 그것을 생각했고, 카메라폰이 나왔다.

간단한 것 같지만 아무도 생각지 못한 것을 영업에 적용해서 효과를 거둔 경우도 있다. 얼마 전 잡지에서 읽은 일본의 라면 가게 이야기가 그런 예이다.

도쿄의 변두리에 '이카루카'라는 라면 가게가 있다고 한다. 그냥 어디에서나 볼 수 있는 평범한 라면 가게란다. 그런데 이 가게는 여느 라면 가게와 다른 점이 하나 있다. 한쪽 벽면에 죽 전시되어 있는 고급 브랜드의 옷. 여기서 라면을 사먹는 손님이라면 누구든 그 옷들을 자유롭게 입어볼 수가 있다. 4, 5천 원짜리 라면을 먹으면서 수백만 원짜리 고급 브랜드 옷을 입어볼 수 있다니! 오피스 걸들에게는 절호의 찬스가 아닌가. 그래서 점심시간 이카루카에는 젊은 여성들의 발길이 끊이지 않는다고 한다. 라면과 옷의 결합. 전혀 어울리지 않을 것 같은 두 세계를 조합시켜 마케팅에 성공한 것이다.

미국 컬럼비아대 비즈니스 스쿨의 번트 슈미트 교수는 통념과 성역을 깨는 것에서 아이디어가 나온다고 말한다. 몇 년 전 슈미트 교수는 자신에게 컨설팅을 의뢰한 화장품 회사의 CEO와 녹차 농장으로 가던 중에 '화장품에다가 녹차를 넣어보면 어떨까?' 하는 생각을 했다. 그가 그것에 대해 묻자 CEO는 즉각 메모를 했고, 뒤에 녹차 화장품을 만들어서 내놓았다. 슈미트 교수의 말에 따르면 고정관념, 편협한 생각은 창의적 발상을 가로막는 장애이다.

스팀청소기로 대박난 CEO 한경희 씨도 날마다 청소기 돌리던 평범한 아줌마였다. 그러던 그가 어느 날 청소기 돌리고 나서 남은 먼지를 닦기 위해 엎드려 물걸레질하다 보니 허리도 무릎도 아프고 해서 고민하다 만들어낸 게 스팀청소기가 아닌가(물론 만들어내기까지 기술적 고민과 노력이 뒷받침되긴 했지만). 출발이 그렇다는 얘기다.

필요는 발명을 낳는다고 했다. 겪어본 사람만이 아는 틈새시장이 있다. 예를 들면 즉석 생선구이집 같은 것이다. 생선구이는 간단한 것 같으면서도 의외로 시간과 노력이 많이 든다. 생선을 구입해서 서너 시간 절여야 하고, 다시 씻어낸 뒤에 그릴이나 석쇠에 구워야 한다. 절차는 그렇다 해도 집안 곳곳에 배인 냄새나 연기는 또 어떻게 하나. 족히 반나절 동안은 환기를 시켜야 한다.

만약 집 앞에서 숯불에다가 생선을 노릇노릇 식성대로 구워준다면? 대단위 아파트 단지에 매일 같은 시간, 특히 저녁식사를 준비하는 오후 4~5시경에 싱싱한 생선을 즉석에서 구워준다면? 집에서 너무 멀리 떨어진 곳이라면 생선 구이가 눅눅해지므로 5~10분 정도 소요되는 거리이면 좋을 것이다. 실시간 배달되면 더욱 좋다. 단점이라면 그 아파트 사람들의 식탁이 대부분 비슷해진다는 점일까.

내가 이런 생선구이 가게를 열고 싶다고 했더니 후배가 자기네 아파트 상가에 비슷한 가게가 이미 성업 중이란다. 국만 끓여서 파는 가게인데 저녁 무렵엔 줄을 길게 서서 기다렸다가 사갈 정도로 장사가 잘 된다는 것이다. 퇴근 후 장을 보아가는 직장 여성은 물론 전업주부들도 단골이다. 가게 한쪽으로 하얀 위생복을 입은 조리사들이 재료를 다듬는 모습은 물론 어마어마한 크기의 원통형 국통이 화덕에서 설설 끓고 있는 것을 볼 수 있다. 조리과정을 직접 눈으로 확인할 수 있다는 것도 장사가 잘 되는 이유 중의 하나가 아닐까 싶다.

요즘은 집 앞에 회원제로 운영하는 공동부엌이 있으면 어떨까 하는 생각을 했다. 이름도 생각해 놓았다. '더 키친(The Kitchen)'이다. 신선하고 건강에 좋은 재료들로 즉석에서 조리해 주는 반찬가게인데, 주방이 설비되어 있어 원하는 사람은 직접 요리를 해갈 수도 있다. 누구네 집 엄마는 닭요리를, 누구네 집 엄마는 폭찹을, 혹은 샐러드를 만들어서 내놓는다. 누가 만들었는지, 어떤 재료를 썼는지를 알 수 있으며 사고팔 수도 있다. 아는 사람 만나면 수다도 떨고 필요한 정보도 주고받고……

요구가 있는 곳에 창출이 있고 수요가 있는 곳에 공급이 있는 법. 요즘 뜨고 있는 프로슈머 마케팅도 같은 맥락으로, 소비자의 발상과 요구를 반영하는 좋은 예라 할 수 있다.

얼마 전 뉴스에서 여성들의 맞벌이 증가로 소소한 잡무 — 여자가 해야 할 잡다한 일—를 대신해 주는 업체가 많이 생겨났다는 기사를 보았다. 큰 돈 아니어도 여자들끼리 뭉쳐 필요한 일을 하다 보면 거기에 가치가 만들어지고 비즈니스 기회가 생기지 않을까?

소소한 일상에서 엉뚱한 발상을 연습하고 개발하는 일, 지금도 늦지 않았다.

가장 잘할 수
있는 일을
찾아라

잘하는 걸 찾아내기가 어렵지, 일단 찾아내서 지속하다 보면 결과가 나온다. 나는 그걸 확신한다.

"에이, 난 할 줄 아는 게 솥뚜껑 운전뿐이라……."

무슨 소리! 솥뚜껑 운전도 해본 사람이 잘한다. 살림이 어디 말처럼 쉬운 일인가. 애 키우고 남편 건사하고, 다달이 들어오는 일정한 돈 쪼개서 지출하고 가계부까지 쓰고, 주방 싱크대며 화장실,

베란다까지 반짝반짝 빛이 나게 살림하는 여자들이야말로 전천후 엔터테이너 기질을 타고난 사람들이다.

내 주위에 살림의 여왕 한 사람이 있었다. 남편이 은행원이었는데, 그 여성은 양면테이프 껍질을 모았다가 메모지로 쓸 만큼 알뜰했다.

"제발 좀 그만 해. 그깟 메모지 몇 푼이나 한다고……."

주위 사람들이 그렇게 말하면 웃으면서 대답했다.

"모르는 소리, 이게 메모지로 얼마나 좋은데. 그리고 난 이렇게 하는 게 좋아."

다른 집에서는 쓰레기통으로 들어갈 만한 것들이 그 집에서는 아이디어로 되살아났으며 톡톡히 한몫을 했다. 그리고 자신이 늘 말하는 것처럼 그런 일들을 정말 좋아하는 것 같았다.

다 죽어가던 화초도 그에게만 가면 싱싱하게 다시 살아났다. 한 번도 설거지감을 쌓아놓은 채 게으름을 피운 적이 없고, 꼼꼼하게 써놓은 가계부는 수십 권에 달했다. 늘 웃는 낯이었다. 주부로서의 역할을 이토록 즐겁게 하는 사람도 드물었다. 사람들은 그를 보고 타고난 현모양처라고 말했다.

그러던 어느 날 친구를 만나고 돌아온 남편이 이런 말을 했다.

"○○가(남편의 친구) 회사에서 일할 여직원을 구한다는데 적당한 사람이 없대. 일 좀 할 것 같으면 월급이 적다고 그만두고, 아니면 아무것도 모르는 애들이 오고……. 요즘 사람 구하기가 정말 쉽지 않은가봐."

"무슨 일을 하는 건데요?"

"장부 정리하고 소소한 회사 살림을 맡아서 해주는 거야. 이를 테면 총무지 뭐. 아침 10시부터 오후 3시까지만 일하면 되니까 근무 조건은 그리 나쁘지 않은데 말이야."

"그거…… 내가 하면 어떨까?"

"당신이……?"

"응, 한번 해볼게."

처음엔 사람 구할 때까지만 하기로 한 일이었다. 하지만 곧 회사 살림을 맡아 하는 그 일에 재미를 붙였고, 남편의 친구인 회사 사장도 대만족이었다. 그만두려고 해도 알뜰 살림꾼인 그를 회사에서 놔주지 않았다. 복사지 한 장을 허투루 쓰지 않고, 구석구석 남 모르게 치우고 닦아 빛을 내며, 주변 사람들을 엄마처럼 알뜰히 챙기는 보석 같은 사람을 어떻게 놔줄 수가 있겠는가. 결국 10년 간 재직했고 나중에는 총무부 관리실장으로 승진했다.

사람들은 흔히 대학 나온 여자가 한 달 60만 원의 급여를 받고 일한다고 하면 '쳇, 그거 얼마나 된다고……. 그냥 남편이 벌어다 주는 월급으로 편안하게 살지.'라고 생각한다.

그러나 그는 처음부터 욕심을 내지 않았다. 자기가 가장 잘할 수 있는 일을 찾아서 했고, 그 일을 하면서 즐거웠다.

당신이 생각하는 성공이란 무엇인가.

당신이 생각하는 성공이 내가 생각하는 것과 크게 어긋나지 않는다면 우리는 이 사람에게 그 말을 써도 좋지 않을까.

엄마의
잉여 에너지를
나눠라

　강남 엄마들 사이에는 '강남면허'를 갖고 있는 사람들이 많다. 운전에 자신이 없는데 아이의 학원 때문에 어쩔 수 없이 차를 몰아야 하는 엄마들이 학원과 집만 왔다갔다 한다는 데서 나온 말이다. 강남뿐이랴, 목동 엄마들은 목동면허, 분당 엄마들은 분당면허, 일산 엄마들은 일산면허……. 아이들을 위해 저마다 지역구 면허로 뛰는 엄마들이 많다.

그런가 하면 학원가 근처의 자연식품 매장이나 반찬가게들은 오후 시간만 되면 장 보러 온 엄마들로 붐빈다. 대형 할인매장 하나 없는 번화가에 장을 보러 나온 이유는? 아이들 학원 끝날 시간을 맞추어 주차와 쇼핑을 동시에 해결하기 위해서라는 것. 모든 것이 아이들 중심으로 맞춰져 있다.

애가 학교 들어가면 그때부터 엄마들은 꼼짝을 못한다. 낮에는 학원 정보를 찾아 뛰어야 하고, 오후에는 부지런히 아이를 학원으로 실어 나른다. 또 그때부터 엄마는 교육정보 전문가가 된다.

모 학원 원장 경력사항에서부터 신설 학원의 유명 강사, 최고의 수리논술 강사는 누군지, 어느 학원이 올해 특목고에 많이 보냈는지, SKY 대학에 많이 보냈는지……. 학원을 두루 섭렵하며 정보를 모으고 괜찮다는 학원에 대기자로 이름을 올리고, 아이를 더 좋은 학원의 더 좋은 반에 넣기 위해 시험 일정을 잡는 일로 엄마들은 하루 24시간이 모자란다.

'아이들의 성적은 아빠의 경제력과 엄마의 정보력에 비례한다'는 말은 그렇게 만들어지는 것이다.

아이를 최고로 키우기 위해 필요한 게 교육 정보뿐이랴. 내 아이 학교를 비롯해 인근 학교 정보와 내신관리 비법, 학교 선생님과 교우관계 관리 비법, 각종 심리 테스트와 아이들의 스트레스 관리에 이르기까지, 아이 하나를 고등학교까지 키우고 나면 엄마들은 웬만한 교육심리학자보다 풍부한 실전 지식을 갖추게 된다.

그러다가 아이가 대학에 진학하고 나면 엄마들은 갑자기 남아도는 시간을 주체하지 못한다. 12년이 넘는 시간을 자식에게 올인하고 나서 몰려오는 허탈과 우울. 그러다 보면 대학생이 된 자식의 학사 관리며 이성친구 관리까지 하는 헬리콥터형 부모가 되어 있는 것이다.

엄마들은 아이를 진학시키고 난 뒤 그 잉여 에너지를 어떻게 쓸 것인가를 고민해야 한다.

나는 자신이 가진 교육 노하우와 잉여 에너지를 직업으로 승화시켜 성공한 대표적인 케이스를 알고 있다. 우리 큰아이의 교육 컨설팅 선생님이다.

그 선생님은 아이가 어릴 때 학원을 경영한 적이 있다. 곧 주변에 우후죽순 다른 학원들이 생기자 경쟁력이 없다고 판단해 과감히 학원을 그만두고 엄마로서 아이의 뒷바라지에만 전념했다. 몇 년 후 딸은 명문대에 합격했다. 그 뒤 딸의 공부를 돕는 과정에서 얻은 노하우를 바탕으로 교육 전문 컨설턴트로 나섰다.

단순히 학원 선택이나 과외 선생님 관리뿐 아니라 아이의 자투리 시간 활용과 봉사점수 관리, 고민 상담까지 두루두루 관리해 준다. 이 시기에 아이가 뭘 고민하고, 뭘 필요로 하는지 잘 알고 있기 때문에 가능한 일이다. 일하는 엄마들에게는 가장 절실한 문제이지만 이런 것까지 챙겨주는 학원은 없다. 틈새를 공략한 것이다. 그분은 자신이 가장 잘하는 일을 선택함과 동시에 일하는 엄마들의 고민을 한꺼번에 해결해 준 해결사이기도 하다.

마치 자신의 아이에게 하듯이 적절히 잔소리를 하기도 하고 다독이기도 하면서 아이들을 정서적으로 보살핀다. 아이들과 함께 꾸준히 자원봉사를 다니면서 '나누는 삶'에 대한 조언도 해주고 있다. 자칫 나눔의식이 부족할 수 있는 한 자녀 가정의 아이들이 그와 같은 봉사활동을 통해서 정서적 여백을 채워 나갈 수 있다는 게 나로서는 다른 무엇보다도 가장 마음의 위로가 된다.

딸은 그 선생님과 함께 독거노인들을 정기적으로 찾아뵙고 말벗이 되어주는 자원봉사를 하고 있다. 어느 날 딸은 내게 이렇게 말했다.

"엄마, 봉사라는 게 그 사람을 위해서 하는 건 줄 알았는데 오히려 내가 많이 채워지는 거 같아."

딸이 훌쩍 커버린 걸 느끼면서 그분에게 감사했다.

'내가 해줄 수 없는 부분을 채워주셨구나……'

상위
3퍼센트
마케팅–자기 브랜딩

어떤 일이든 상위 3퍼센트 안에 들 자신이 있다면 바로 그걸 해야 한다. 어떤 사람이 성공하느냐? 어떤 분야든 자신이 몸담고 있는 분야에서 상위 3퍼센트에 속한다면 그는 성공한 사람이다.

MC 시장의 예를 들어보자.

경쟁이 치열한 방송에서 많은 MC들이 활동을 하지만 스타로 자리잡은 소수의 MC가 대부분의 프로그램을 진행하고 있다. 시청율과 광고를 의식해 방송사 프로그램 개편 때마다 스타 모셔가기 경쟁은 대단하다. 일단 자리를 잡고 인기가 높아진 스타 MC들은 프로그램을 선택할 정도로 우월적 상황에 놓이기도 한다.

MC 시장에서 성공한 3퍼센트는 '자기 브랜딩'이 잘 된 사람들이다. 이금희, 정은아, 유재석 씨 같은 특급 MC들은 자기만의 색깔과 개성으로 마케팅에 성공한 사람들이다.

〈아침마당〉의 장수 MC인 이금희 씨의 경우, 편안하고 수더분한 외모와 재치 있는 순발력으로 대한민국 보편적 여성상으로 클릭되는 캐릭터다. 국민 MC로 불리우는 송해 선생님은 재능을 떠나, 존경스런 분이다. 이제는 〈전국노래자랑〉이 본인의 삶 그 자체가 되어버렸다. 아마도 당분간 그분의 캐릭터를 대체하기란 쉽지 않을 것 같다. 그런가 하면 정은아 씨는 튀지 않고 무색무취한 것이 특징인 MC다. 대체로 그런 아나운서들이 장수하고, 그것이 그 사람만의 브랜드인 셈이다.

내가 아는 한 보석공방의 부부는 독특하고 감각 있는 마케팅으로 수준 있는 자신만의 브랜딩에 성공한 사람들이다.

'주얼버튼'이라는 예쁜 이름의 보석 디자인 회사를 운영하는 홍성민, 장현숙 씨 부부는 각종 국제 보석 디자인 콘테스트 수상으로 국내에서보다는 국제적으로 더 많이 알려진 최고의 보석 디자이너다.

그들 부부는 부암동에 공방 '애족'을 열어두고 보석에 관심 있는 유명 인사들을 정기적으로 자신의 회원제 카페로 초대한다. 공방은 단순히 전시장이라기보다 친분과 교류가 이루어지는 살롱의 성격이 강하다. 그들은 보석을 팔고 사는 것보다 사람과 사람, 사람과 보석과의 교감을 더 중요시하고, 그런 만남은 곧 새로운 영감과 가치창출로 이어진다.

그들은 새로운 사람을 만났을 때의 느낌을 매우 중요시하고, 보석으로 그 느낌을 작품화한다. 그래서 그들이 보석 하나하나에 붙여놓은 이름들은 매우 시적이며 상상력을 자극한다. '바람이 지나간 흔적', '석류가 떨어져 바람을 만나다' 등이 그렇다. 이처럼 각각의 보석들이 지니고 있는 독특하고 감각 있는 이미지와 고객의 특별한 느낌과 사연들이 어우러져서 세상에 단 하나뿐인 예술품이 탄생한다. 그들에게는 작품 하나하나가 다 소중한 사연과 만남의 결과물이다. 이러니 세계 최고라는 자부심을 가질 수밖에.

이 같은 디자이너의 자부심은 고객에게로 이어지게 마련이며, 고객은 전무후무하고 유일무이한 그 보석의 가치를 높이 사게 되는 것이다.

이것이 바로 마케팅이다. 어떻게 파느냐가 아니라 누구와 무엇을 어떻게 소통하느냐가 핵심이다. 마케팅이라면 이론이든 실전

이든 달린다고 생각해 본 적이 없는데, 이들 부부를 만나서는 나도 모르게 수첩을 꺼내들어 메모를 하게 되었다.

이들 부부의 이력도 그들이 만든 보석만큼이나 독특했다.

남편인 홍성민 씨의 친구들은 대부분이 일류대 공학도였는데 졸업 후 다들 내로라하는 기업의 엔지니어로 취직을 했다고 한다. 그러나 홍성민 씨에게는 평범한 직장인의 세계가 그다지 매력적이지 않았다.

그에게는 대한민국 1퍼센트가 되겠다는 꿈이 있었다. 친구들이 머리 싸매고 공부할 때 그는 평소 관심을 갖고 있었던 보석 디자인을 제대로 공부하기 위해 다니던 대학까지 그만두고 지금은 한국폴리텍대학으로 이름이 바뀐 이리직업전문학교에 입학하면서 보석 디자인이라는 새로운 세계로 들어가게 된다.

부인인 장현숙 씨는 일본 유학파로, 지아니 베르사체와 함께 전세계 30인 디자이너에 뽑힐 정도로 이미 유명하다. 수상 후, 그 명단에 한국 여성이 들어 있다는 걸 알고 놀란 홍성민 씨가 직접 찾아가서 만난 것이 인연이 되어 부부가 되었다고 한다. 부부이자 동업자인 그들은 최고의 메이트가 되었다. 지금 그들은 뉴욕 한복판에 보석 디자인 매장을 가진 세계적인 보석 디자이너이다.

꼭 공부를 잘해야만 성공하는 것은 아니다. 좋은 직장에 들어갔다고 고민이 끝나는 것도 아니다. 내가 방송사를 그만둔 뒤 만나는 사람마다 내게 물었다.

"아나운서 왜 그만두었어요?"

그 물음 안에는 좋은 직장인데 어떻게든 견뎌볼 것이지, 동기 중 누구는 성공했지 않느냐, 그걸 접으면서 두렵지 않았느냐 등등의 많은 궁금증과 우려가 내포되어 있었다.

물론 두려웠다. 그러나 철밥통 직장을 그만두는 것에 대한 두려움보다 나머지 97퍼센트의 하나로 있는 듯 없는 듯, 있어도 그만 없어도 그만인 존재로 살아가야 한다는 게 더 두려웠다.

솔직히 나는 방송에서는 일등급이 아니었다. 몸담고 있는 그 세계에서 상위 3퍼센트가 될 수 없다는 판단이 내려졌을 때 나는 내가 더 잘하는 일, 분명 나만이 가능한 일이 있을 것이라는 생각을 했고 그걸 찾고 싶었다.

나는 일등을 하고 싶었다. 내 가치를 높이고 싶었다. 그래서 더 잘할 수 있는 다른 길을 찾은 것이다. 두려움을 떨쳐내는 것, 그것은 나를 브랜딩하기 위한 시작이었다.

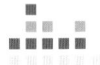

유리구두
직접 맞춰
신어라!

누군가 신데렐라의 신상에 대해 다음과 같이 지적해 놓았다.

부엌데기, 낮은 학력, 가난한 재혼 가정이니 가정환경은 낙제점, 그런 환경에서 보고 배운 게 없으니 딱히 할 줄 아는 것도 없음, 따라서 왕자비 감으로는 능력과 소양이 턱없이 부족하며 못된 계모와 심술궂은 이복언니들 밑에서 자란 탓에 성격도 꽈배기처럼 배배 꼬여 있을 것임, 결정적으로 젊고 잘생긴 남자와 춤추고 노는

데 홀라당 정신이 팔려서 12시까지 집에 가야 한다는 매우 중요한 약속을 지키지 못하였으니 책임감과 신뢰성이 빵점인 아가씨.

물론 이 이야기는 백마 탄 왕자님의 환상에서 벗어나 현대에 맞는 신데렐라 상을 정립하자는 좋은 취지에서 나온 것이다.

다른 것은 논외로 친다 해도 파티에서 즐겁게 놀다가 약속을 지키지 못했다는 이유로 비난을 받는 것은 당사자도 물론 그렇겠지만 제삼자인 내가 보기에도 억울하다. 그 대목에 관한 한 나는 이렇게 생각한다.

파티에 참석한 신데렐라는 일단 거기에 완전 몰입했다. 파티에 와서 힐금거리며 눈치나 보고 빙글빙글 돌아다니면서 사람 구경이나 하는 부류가 절대 아니었다. 처음부터 타깃이 확실하여 왕자를 점찍었을 것이고, 왕자가 자신에게 빠지도록 만들었다. 그러고는 완전히 파티에 빠져들어 시간 가는 줄 모르고 재미나게 놀았다.

재미있게 노는 것도 능력이다. 파티에 와서 재미없게 노는 사람보다 푹 빠져서 즐겁게 놀다 가는 사람이 나는 좋다. 얼마나 몰입해서 놀았으면 '12시까지 집에 가야 한다'는 그 중요한 약속마저 까맣게 잊었겠는가. 그것도 칭찬해 주고 싶다.

책임감 없고 신뢰성 없다고? 멋진 남자 만나서 춤추고 노는 거라면 퍼뜩 약속이 생각났더라도 머리를 흔들어 잊고 싶겠다. 어찌 생각하면 그것이 젊음이기도 하고.

그러나 그녀는 어쩌면 우리가 생각한 것보다 훨씬 전략적일 수도 있다. 왕자를 완전히 사로잡기 위해 그녀는 될 수 있는 대로 끝까지 남아 있다가 도박적 모험을 과감히 시도했을 수도 있다. 시간을 잊은 게 아니라, 상황을 자신에게 유리하게 만들기 위해 마술이 풀려버릴 수도 있는 상황임에도 올인을 한 것이다.

유리구두! 당시에 유리구두를 신고 무도회에 나타난 여자들이 과연 몇이나 되었을까?

언젠가 모 구두 회사 홍보 현장에서 유리구두를 신어본 적이 있는데 무거워서 신기도 어려웠다. 무겁고 딱딱해서 신고 서 있기도 어려운 구두를 신고 춤추기는 또 얼마나 어려웠을까! 그럼에도 그녀는 끝까지 최선을 다해 춤을 추었다. 그리고 유리구두 한 짝을 남기고 사라진다. 아마도 유리구두는 뛰다가 벗겨진 게 아니라 일부러 놓고 도망친 것일 수도 있다. 애가 닳은 왕자가 유리구두 한 짝을 갖고 그녀를 찾아다니게끔 처음부터 계획된 건 아닐까.

그녀 스스로 연출한 인생역전 드라마의 클라이맥스는 출연한 모든 악역들, 계모와 언니들의 모든 시빗거리와 질투, 논쟁을 한순간에 불식시켜버릴 나머지 한 짝의 유리구두를 내놓는 순간이다.

어쨌든 신데렐라는 가진 것 하나 없는 불리한 조건의 재투성이에서 유리구두 하나로 자신의 삶을 순식간에 바꾸고 한 나라의 왕자를 차지하게 된 것 아닌가! 바로 이런 게 인생역전이다.

이런 즐거운 상상 끝에 문득 이 시대에 신데렐라를 다시 쓴다면 그에게 가장 필요한 덕목은 무엇일까 생각을 해보았다.

과거의 신데렐라에게는 착한 성품, 소원을 품고 희구할 줄 알았던 순수성, 사람에 대한 믿음 따위가 있었다면, 21세기형 신데렐라에게는 어떤 자질이 있어야 입지전적인 인물이 될 수 있을까.

당당함! 내가 꼽은 첫째 요건이다. 아무리 못생기고 가진 것 없어도, 명문 학교를 나오지 않아도, 신체에 심한 장애가 있다고 해도 당당한 여자는 달라 보인다. 끌리는 힘이 있다. 그것은 오만함이나 교만, 건방짐과는 다르다.

사소한 일을 하더라도 자기가 해야 할 일이 무언지를 알고 맡은 일을 끝까지 책임지며 열심히 하는 자세, 그게 당당함이다. 자기 일에 대해 부끄러워하지 않고 최선을 다하는 자세 말이다. 당당함은 그 자체로 믿음을 준다. 그에게 일을 맡기면 잘 해낼 것 같은 신뢰감을 형성하는 것이다.

둘째는 따뜻함이다. 상대를 호의 어린 눈길로 바라봐주고 남의 전화도 친절하게 받아주는 타인에 대한 세심한 배려이다. 직장에서 동료가 사주는 밥을 먹었으면 다음에는 내가 살 줄 알아야 하고, 상대가 밥을 사고 싶어 하는 것 같으면 맛있게 먹어주는 센스. 힘들어하는 사람을 표 안 나게 도와주고, 누군가에게 어깨를 빌려줄 수도 가슴으로 품어줄 수도 있는 여자. 즐겁지 않은 상황도 즐겁게 넘겨 주위 사람들까지 즐겁게 만들어주는 사람.

나는 화가 육심원 씨가 그린 육심원 공주 다이어리를 항상 가지고 다닌다. 자투리 시간이 생겨 일정을 정리하거나 생각을 정리하는 시간에 그걸 꺼내 보면 왠지 기분이 좋아진다. 코도 낮고 얼굴도 펑퍼짐하지만 언제라도 나에게 말을 걸어올 것만 같은 유쾌한 수다쟁이 공주가 그려져 있기 때문이다.

육심원 씨가 그린 공주들은 너무나 평범하다. 펑퍼짐한 보통의 얼굴이 어딜 봐도 공주 같지가 않다. 예쁘진 않아도 당당하게 예쁜 미소를 지어서 예뻐 보이는 거다. 젊고 나이 들고를 떠나 거울을 보고 장난스레 미소 짓는 여자들이 거기 있다. 어릴 적 엄마가 외출하기 위해 코티분으로 얼굴을 톡톡 두드리던 모습, 외출 전 거울을 보며 혼자 나르시시즘에 빠져 스스로 기쁨의 에너지를 만들고 자신을 사랑할 줄 아는 모습이 거기 있다. 당당해 보이니까 그것 자체가 힘이 되는 것 같다. 먼저 스스로 예쁘다고 믿으면 예뻐 보인다.

누군가가 신데렐라는 공주병 여자와 다르다고 차별을 두어 말했던 걸로 기억한다. 그의 말에 의하면 신데렐라는 어떡하든 자기 의지로 환경을 개선해 나가려는 자세가 되어 있었지만, 공주병 여자들은 만날 한 가지만 생각한다.

'왜 우리 아버지는 왕이 아닐까……'

공주병에 걸린 여자들이 과거 지향적이며 신세한탄만 하면서 아무것도 시도하지 않은 채 그저 꿈만 꾸는 데 반해, 신데렐라는 미래 지향적이고 행동하는 여성상이다. 보다 나은 현실을 꿈꾸고 그 목표를 위해 실천해가는 여성인 것이다.

내가 정의하는 21세기형 신데렐라는 스스로 성공을 향해 나아가는 여자이다. 당당하고 따뜻한 여자. 성공을 준비하는 여자. 성공하기 위한 좋은 습관들을 가진 여자이다.

좋은 습관들이란 시간 관리, 메모하는 습관, 공부하는 습관, 생각한 것을 행동으로 옮기는 습관 등이다. 보다 나은 미래를 위해 자신을 절제하고 인내하며 때를 기다리고 담금질하는 여자. 무엇보다 전략적 사고를 갖고 있는 여자. 그래서 결국은 성공할 수밖에 없는, 운명의 물길을 과감하게 바꾸어 돌릴 용기 있는 여자이다.

이런 여자는 성공할 수밖에 없다. 백마 탄 왕자를 굳이 기다리지 않아도 직장 혹은 집 앞에 나를 위한 백마가 와서 기다린다. 왕자가 아니라, 나의 백마가 나를 태우려고 기다리는 것이다. 그것은 스스로 이룬 것이다. 왕자가 아니어도 이미 왕이 될 수 있는 터가 마련되는 것이다.

신데렐라? 물론 될 수 있다.

He can do it! She can do it! Why not me?

역할 모델을 찾아라

인물이 되려면 인물을 만나야 한다는 말이 있다. 사람을 사귀더라도 배울 것이 있고 역할 모델을 삼을 만한 사람, 즉 멘토를 만나라는 뜻일 것이다.

'멘토'란 조언을 해주고 내게 도움을 주면서 좋은 운명으로 이끌어주는 사람을 일컫는다. 오디세우스가 전쟁에 나가면서 아들 텔레마코스를 친구 멘토르에게 맡긴 것에서 유래된 말이다. 오디세우스의 친구 멘토르는 친구의 아들인 텔레마코스에게 자상한 아버지가 되어주었고, 최고의 스승이었으며, 때로는 가장 가까운 친구가 되어주었고, 가장 훌륭한 카운슬러 역할을 해주었다.

동양학에서는 이런 사람을 '귀인(貴人)'이라고 부르는 것 같다. 흔히 인생을 살다 보면 세 번의 기회가 온다고 하는데, 이 말은 3명의 귀인을 만난다는 말과 맥을 같이 한다고 할 수 있다.

인연이란 우연히 이루어지기도 하지만, 내가 적극적으로 찾아나서야 할 때도 있다. 내가 벤치마킹할 모델이 있다면 자연히 성취

욕구가 높아진다.

나에게 좋은 역할 모델이 되어주고 최고의 조언을 해줄 수 있는 사람을 찾아라. 너무 멀리 있어서 만날 수 없거나, 지난 세기의 위인 가운데에서 멘토를 찾는 것은 현명한 선택이라고 할 수 없다.

가까이에서 찾아라. 나의 자질과 잠재적 능력을 알고, 내게 도움이 되는 정보를 줄 수 있으며, 내가 뻗어 나갈 수 있도록 도와줄 사람을 주변에서 구하라.

또, 사회적으로 대단한 성공을 거둔 사람이 아닐지라도 꾸준히 자신의 분야에서 활동하고 있는 사람, 소신 있게 자기 길을 가는 사람으로서, 내가 중요한 선택의 기로에 놓였을 때 현명한 조언을 해줄 수 있는 사람이라면 역시 좋은 멘토이다.

살아 숨쉴 수 있는 동안 맘껏 누리고,

힘껏 일하고, 품껏 사랑하고 활짝 핀 꽃처럼

나를 피운 후 원 없이 지고 싶다.

4장

성장

나는
꿈을 꾼다,
고로 존재한다

"여러분 무조건 꿈을 꾸시기 바랍니다. 꿈꾸는 데 돈 한 푼 안 들지만 나중에 보면 어마머마한 결과가 있습니다."

식상하게 들릴지 모르지만 나의 강의는 언제나 이렇게 시작한다.

어릴 때 사촌 언니가 태교를 한다면서 화장대 거울에 예쁜 아기 모델 사진을 붙여놓고 늘 바라보곤 했던 기억이 난다. 정작 내가 놀란 것은 그 아이가 태어나 점점 사람 모습을 갖춰갈 때, 부모의 모습보다는 거울 속의 그 사진과 너무나 똑같아졌다는 것이다. 지금도 성인이 된 그 조카를 볼 때마다 어렸을 때 나의 뇌리에 콕 박힌 그 신비를 떠올린다.

무엇인가 강렬하게 원하면 이뤄진다는 것, 나는 아주 어린 시절 그걸 눈으로 확인했다. 간절히 원하고 입으로 말하면 이뤄진다. 이게 요즘 유행하는 소위 '시크릿' 사고법이다. 나는 이 생각이 더 이상 비밀스럽거나 신비하지 않다. 그것은 사실이니까.

회사를 창업한 나를 보고 대단하다고 하는 사람들이 종종 있다. 그러나 이것이 내겐 더 이상 새로운 게 아니다. 어떤 특별한 능력이 있어서도 아니다. 오래전에 생각의 씨앗을 품고 지속적으로 꿈을 꾸어왔고, 지금은 그걸 현실로 바라보게 된 것뿐이다.

간절히 열망하는 것을 지속적으로 꿈꾸며(지속적으로가 중요하다!), 그 생각이 자라도록 바라고 기도하면, 이상하게 만나는 사람도 그런 쪽으로 준비되어진다.

나는 내가 꿈꾸는 회사의 CEO가 되어야겠다고 마음먹고 기다린 지 6년 만에 그 꿈을 이루었다. 어찌 보면 시작에 불과한 것이지만, 시작하기가 어렵지 그 이후엔 자체 엔진시스템으로 굴러간다는 게 내 생각이다. 마치 비행기가 뜰 때 엔진의 70~80퍼센트를 쓰는 것과 마찬가지라고 해야 할까.

지금 나는 사무실 책상에 내가 꿈꾸는 '드림빌리지' 사진을 붙여놓고 날마다 보고 또 보고, 바라고 또 바란다. 드림빌리지는 우리 회사의 전국 지사에 출근하는 사원들이 와서 쉬고 먹고 회복하고 행복을 누릴 수 있는 가든 콘셉트의 내츄럴 연수원이 될 것이다. 일반적 개념의 네모 반듯한 교육 공간이 아니라, 자연에게 열려 있어 바람이 자유롭게 드나들고 햇볕이 따스하게 비추어 풀벌레와 꽃들이 어우러진 그야말로 회복을 필요로 하는 모든 이에게 열린 공간이 될 것이다. 남프랑스나 지중해 마을을 여행할 때마다 왜 우리나라엔 이런 예쁜 집들을 짓지 않는 걸까 여러 번 생각하며 모은 사진들이다. 여러 가지 제약과 조건이 있겠지만, 나는 그런 집을 꿈꾼다. 자연을 압도하지 않으며, 자연 속에서 자랑하지도 않으면서 자연의 일부가 된 겸손한 집.

　인간은 자연 속에 있을 때 진실해지고, 착해진다. 그것은 자연이 아무런 조건 없이 자신의 속살을 기꺼이 내어주기 때문이다. 나는 사람들이 자연 속에서 잃어버린 꿈을 찾고 상한 관계, 병든 자아를 회복하길 바란다. 우리는 함께 밤하늘의 별을 보며 사랑을 노래하고 시를 읽게 될 것이며, 나이가 들어도 꿈꾸는 사람으로 남게 되기를 열망하며 서로가 서로에게 의지가 되고 힘이 되는 따뜻한 커뮤니티를 만들어 나갈 것이다. 자연은 스스로 치유하는 힘이 있기 때문이다.

두려움을
넘어서

가끔 내게 이렇게 묻는 사람이 있다.

"한국 사회에서 여자가 사업을 한다는 게 쉬운 일이 아닌데 두렵지 않습니까?"

두렵다. 나라고 왜 두렵지 않겠는가. 사업을 하다 보면 마음먹은 대로 되어주지 않는 경우가 부지기수다. 계획과 어긋나는 경우도 많다. 일이 잘 안 풀리면 더럭 겁이 나기도 한다.

직원들은 어디에 내놔도 빠지지 않는 우수한 인재들이다. 그들이 입사를 결심한 것은 회사가 잘 경영되고 있고, 앞으로도 꾸준히 성장할 것이라는 믿음이 있었기 때문이다. 그런데 혹시라도 회사가 잘못된다면? 직원들과 그 가족들은 어떻게 되겠는가.

아마 경영자로서 한 번도 이런 생각을 하지 않은 사람은 없을 것이다. 모든 경영자가 그렇겠지만 그것은 그저 상상만으로도 두려운 일이다.

세상에 두려운 것이 그뿐이랴. 예전 직장의 동료 하나는 젊은 나이에 자다가 심장마비로 죽었다. 이웃집 남자는 퇴근 후 집에 돌아오던 중에 음주운전자가 중앙선을 넘어 들이받는 바람에 즉사했다. 내게도 그런 일이 일어나지 않으리라는 보장이 있을까. 인간에게 언제 들이닥칠지 모르는 것이 죽음이다. 바로 코앞에 있을 수도 있다.

하지만 사람들은 죽음에 대해 별로 생각하지 않는다. 눈앞에 현실로 다가오기 전까지 죽음이란 나와는 전혀 상관이 없는 것처럼 생각한다. 그러면서 사업을 하다가 망하는 것은 몹시 두려워한다.

어떤 이는 내게 진심으로 충고했다.

"여자가 사업을 어떻게 하니? 망할지도 모르니까 사업하지 마."

그들은 투자하는 것도 말린다.

"투자를 해서 그 이상의 수익을 얻어낸다는 걸 어떻게 보장해?

그러니까 투자하면 안 돼."

이런 사람들에게 가장 안전한 것은 아무것도 하지 않는 것이다. 위험해서 비행기는 어떻게 타나. 그저 가만히 집 안에만 있어야 할 것이다. 아무것도 하지 않으면 안전하다. 두려워할 일도 없고 걱정할 일도 없다.

그러나 생각해 보면 집이라고 안전하다 할 수 있을까. 지진이 나면 집이 위험하고 언제 지붕이 무너질지도 모르는 것 아닌가.

아이러니하게도 물리학에서 물질의 최소단위인 원자는 겉으로는 안정된 상태를 띠고 있지만 사실상 핵을 중심으로 전자들이 끊임없이 움직이고 있다는 사실을 기억할 필요가 있다. 안정된 상태는 다시 말해 매우 불안한 상태라고도 볼 수 있다.

아무것도 하지 않는 게 가장 안전하다고 믿는 것이야말로 잘못된 것이다.

인문학과
마케팅의
환상적인 만남

해마다 달라지는 입시 정책에 우왕좌왕하는 수험생들을 가까이에서 보면서 안타깝고 참 미안한 생각이 들었다. 교육정책에 관한 한 어른들은 아이들에게 빚을 지고 있다. 아이들은 매년 달라지는 입시정책의 희생양이다. 대한민국의 모든 학생들이 입시 과도기를 경험하고 있는 셈이다.

그러다 보니 자신이 진정 하고 싶은 공부를 선택하기보다는 점수에 맞는 대학을 골라야 하는 양상이 점점 더 강해지고 있다.

내가 대학에 들어가던 해는 소위 눈치작전이 치열하던 때였다. 학창시절 내가 정말 가고 싶었던 과는 불문과였다. 불어로 얘기하는 것이 너무 멋있어 보였다. 시험을 치른 뒤에도 불문과에 가야겠다는 생각에는 변함이 없었다.

그러나 인생은 고민하고 결심한 대로만 되는 게 아닌가 보다. 때로는 엉뚱하게 운명이 결정되기도 한다. 내 경우가 그랬다.

대학에 원서를 넣으러 가서 마지막 눈치작전을 위해 집으로 전화를 걸었다.

"아버지, 지금 경쟁률 나왔어요?"

"응, 그냥 불문과 넣어, 불문과!"

"국문과요?"

"그래 불문과…… 그냥 거기 넣어."

"국문과요? 알았어요 국문과!"

길게 다시 물을 만한 상황이 아니었다. 공중전화 앞에서 오래 기다렸고 내 뒤에서 차례를 기다리는 사람들이 길게 늘어서 있었다. 나는 얼른 뛰어가서 국문과에 원서를 냈다. 불문과에 원서를 넣으라는 아버지의 말씀을 나는 국문과로 잘못 알아들었던 것이다. 실소를 금치 못할 이 상황을 떠올릴 때마다 생각하곤 한다. 지금처럼 휴대전화 문자 메시지를 쓸 수 있는 시대였다면 내 운명이 달라졌을까?

"전공이 뭐예요?"

"국문학이요."

"엥? 문학하던 사람이 어떻게 경영을?"

사람들에게 가끔 듣는 얘기다. 하지만 모르는 소리. 경영의 기본은 문학과 아주 잘 통한다. 왜냐하면 경영이란 결국 사람과 사람, 그 주변을 다루는 것이기 때문이다.

경영의 핵심은 사람을 아는 것이다. 사람살이, 즉 인생을 얘기하는 게 문학이라면, 사람들의 욕망을 읽어내는 것이 마케팅이다. 고로 문학과 경영은 통한다, 정도가 아니라 아주 죽이 잘 맞는 친구라고 할 수 있다.

인문학적 베이스가 없는 경영은 죽은 것이다. 엔지니어일수록 인문학을 많이 알아야 한다.

TV 하나를 예로 들어보자. '보르도 TV'는 삼성전자의 인기 상품이다. TV의 이름은 프랑스 보르도 지방에서 생산되는 와인을 연상케 한다. 실제로 와인 잔에 와인이 조금 남아 있는 모습을 형상화한 것이 이 제품의 디자인 콘셉트라고 한다.

최근의 트렌드인 와인을 느낄 수 있는 TV 디자인. 거기에 첨단 LCD 기술이 만나 새로운 콘셉트를 만들었다. 처음 출시 당시에는 최고의 스포츠 스타였던 이승엽 씨라는 적절한 모델을 결합해 제품을 하나의 패키지 스토리로 만들어냈고, 시장을 선점하는 데 성공했다.

이게 바로 인문학과 마케팅의 환상적인 만남이다.

문학을 전공한 사람들이 마케팅을 어떻게 아느냐고? 문학을 전공한 이들의 카피와 홍보, 기획은 원소스 멀티유즈(One Source Multi Use)를 가능케 한다. 그들이 가진 문학적 상상력을 통하여 광고가 스토리가 되고 음악이 되고 영화가 되고 게임이 되고 캐릭터가 된다. 한마디로 돈이 된다는 얘기.

제품의 특성이나 기능을 중심으로 전개되어 왔던 기존의 마케팅과 달리 요즘은 소비자의 감성이나 감각을 자극하는 마케팅이 대세이다. 전통적인 마케팅이 4P, 즉 제품, 가격, 유통, 프로모션을 중시했다면 지금은 4C가 그것을 대신하고 있다. 소비자(Consumer), 비용(Cost), 편의(Convenience) 그리고 커뮤니케이션(Communication)이다.

여기서 가장 중요한 것은 누가 뭐라 해도 소비자이다. 소비자의 눈이 어디로 향하는지, 무엇을 원하는지를 알아야 한다. 때로는 소비자의 숨겨진 마음까지 읽을 줄 알아야 한다.

세계적인 종이 기저귀 브랜드인 팸퍼스의 실례이다.

광고에다가 "엄마를 편하게" 라는 카피를 썼을 때는 매출이 그저 그랬다. 카피 한 줄을 바꾸었다. "당신의 아기를 편하게!" 매출이 확 달라졌다고 한다. 종이 기저귀를 사는 엄마들의 속마음을 읽은 것이다.

샴푸를 고를 때 소비자는 그저 아무 생각 없이 집어드는 게 아니다. 이 샴푸는 뭔가 다를 거라는, 나에게 새로운 느낌을 줄 거라는 기대감 때문에 돈을 지불한다.

샴푸만 그런가. 영화도 그렇다. 다른 영화가 아닌 바로 그 영화를 보고 싶은 이유는 여러 정보에 의한 기대감이 있기 때문이다. 기대감, 즉 소비자의 욕구 충족을 가능케 하는 것의 기본은 무엇인가. 바로 인문학이다. 따라서 마케팅에서 승리하고 싶다면 인문학을 존중해야 한다. 거기에는 사람을 끌어당기는 놀라운 힘이 있다.

사람을 끌어당기는 힘, 그것은 결국 심리전이다.

미국의 어떤 히치하이커가 "TO ATLANTA" 라는 팻말을 들고 도로에 서 있었다. 하루 종일 기다렸지만 아무도 그를 태워주지 않았다. 지나던 카피라이터가 차를 세우고 물었다.

"당신은 애틀란타에 왜 갑니까?"

"어머니를 만나려고요."

"유감스럽게도 나는 방향이 달라서 당신을 태워줄 수가 없군요. 하지만 당신이 차를 빨리 얻어 탈 수 있는 방법이 있는데 해보시겠어요?"

히치하이커는 반색을 하면서 물었다.

"별 거 아니에요. 팻말에다가 단어 하나를 더 써넣으세요."

히치하이커는 카피라이터가 시키는 대로 했다. 놀랍게도 그는 곧 차를 얻어 탈 수 있었다. 팻말엔 이렇게 적혀 있었다.

"TO MOM IN ATLANTA"

마음을 움직여야 한다. 관건은 그 사람의 어떤 코드를 건드릴 것인가이다.

'첫인상은 언제나 한 번뿐!'이라는 말이 있다. 첫인상이 나쁘면 그 사람을 다시 보는 일은 없기 때문이다. 첫인상이 좋아서 다시 만나게 된다면 그건 두 번째 인상이지 첫인상은 아니다. '재구매' 도 마찬가지이다. 소비자가 물건을 사고 나서 찝찝해 한다면 재구매란 없다고 봐야 한다. 소비자에게 승리감, 만족감을 안겨주어야 한다. 다시 한 번 말하지만 마케팅에 성공하려면 소비자의 마음을 읽어야 한다. 그리고 그것을 가능케 하는 것이 인문학이다.

아나운서로 일하면서 매우 다양한 사람을 많이 만났고, 나의 인간 연구의 폭도 넓어졌다. 아나운서는 프로그램의 성격상 다양한 사연의 주인공들을 만나고 이야기를 나누게 된다. 다양한 욕구를 가진 사람들과의 만남은 나에게 내면을 읽는 힘을 주었고 삶에 대한 통찰력을 기르게 했다. 생각해 보면 그때의 경험들이 회사를 경영하게 된 지금 많은 도움이 됐다.

내가 인문학을 공부하고, 아나운서라는 직업을 거쳐 마케팅의 최일선에서 뛰기까지 이 일련의 과정들이 결코 우연은 아니라는 생각이 든다.

　준비된 CEO, 그것은 어쩌면 오래전부터 시작된 내 로망이었고, 그것을 위해서 나는 나도 모르는 사이에 차근차근 준비해 오고 있었을 것이다.

슬로푸드가
슬로 에이지를
만든다

영화 〈바베트의 만찬〉을 보면 가난한 목사의 집 가정부 바베트에게 갑자기 1만 프랑이라는 거액이 생긴다. 운 좋게도 복권에 당첨된 것이다. 바베트는 그 돈으로 소박한 마을에 최고의 만찬을 준비한다.

바베트가 차린 최상의 요리를 먹고 난 손님들에게는 어떤 변화가 일어났던가. 음식을 먹을수록 그들의 몸은 점점 더 가벼워졌다.

말수가 적은 노인들은 말문을 틔웠다. 수년간 거의 듣지 못했던 그들의 귀가 열렸다. 앙숙이었던 두 할머니는 나란히 손잡고 다니던 소녀시절로 돌아가 있었다. 권태기의 부부는 젊은 날의 열정에 젖어들어 긴 입맞춤을 나눈다. 요리를 먹기 전까지만 해도 서로의 말꼬리를 잡고 씩씩대던 늙은 형제는 마치 개그콘서트의 콤비처럼 화답하다가 배꼽을 잡으며 웃는다. 웃다가 눈물까지 흘린다.

만찬을 끝내고 그들이 집 밖으로 나섰을 때 눈 쌓인 마을과 산은 순백의 광채 속에 잠들어 있었다. 그들은 모두 순결한 새 옷을 입은 느낌이었으며 유년 시절로 되돌아간 듯한 기분에 휩싸였다. 그들은 서로를 위해 덕담을 건넸고, 그 소리는 화음을 이루는 합창처럼 사방에서 울려퍼졌다.

좋은 음식은 사람의 영혼을 구제한다. 좋은 음식은 사람을 꿈꾸게 하고 노래하게 만든다. 음식은 사람을 행복하게 하고 변화시킨다.

먹을거리가 넘치는 세상, 지갑만 들고 나가면 삼시 세 끼를 골고루 입맛에 맞춰 사먹을 수 있는 시대이다. 반찬가게나 배달음식을 이용하면 12첩 반상이나 풀코스 요리를 30분 안에 차려낼 수 있는 게 요즘이지만, 우리가 먹고 있는 음식이 얼마나 안심하고 믿을 수 있을까 하는 대목에서는 자신이 없다.

물론 먹을거리에 대한 확실한 철학을 가지고 제대로 된 원료를 사용하는 소신 있는 분들도 있다. 그러나 대부분의 일반 음식점에서는 반조리 상태로 들여온 중국산을 사용하고, 거기에는 식품의 유지 · 보존을 위해 다량의 착색제와 공업용 첨가물까지 들어 있는 경우가 있다는 것이다.

서울 사람들의 변은 썩지 않는단다. 실제로 그런지는 모르겠지만 우리가 먹는 거의 모든 음식에 항생제며 방부제, 첨가물이 쌓여 있으니 그런 말이 나올 만도 하다.

그렇다면 유기농은 믿을 수 있는 걸까? 아무리 농약을 안 치고 오리농법에 메뚜기, 무당벌레를 풀어놔도 이미 땅과 지하수가 오염되어 있으니 진정한 유기농이라 할 수 없다.

그런가 하면 과영양, 영양 불균형도 요즘 식생활의 문제다. 실제로 가공된 음식을 보면 대부분 튀기거나 굽거나 해서 여러 번 가공된 상태이다. 그 과정에서 영양소는 파괴되고, 불필요한 요소들은 고스란히 우리 몸에 쌓여 있다. 이쯤 되면 사람 몸이야말로 독가스실에 다름 아니다. 인체에 해로운 각종 첨가물과 건강을 위협하는 콜레스테롤 같은 독소들이 잔뜩 들어차 있으니 말이다.

몸 속의 독소를 빼주는 일명 '디톡스 프로그램'은 우리 몸을 새롭게 리모델링하는 식사 혁명이다. 각종 유기농 곡식 껍질을 모아서 만든 디톡스 제품을 섭취함으로써 몸 속의 독소를 제거해 주는 일종의 자연치유요법이다.

미네랄, 무기질, 비타민 등은 몸 속의 독을 씻어내주는 고마운 영양소들이다. 우리 몸에 꼭 필요한 미네랄은 곡식의 껍질, 그 중에서도 발아되기 시작한 곡식의 껍질에 가장 많이 들어 있다. 엄마가 임신을 하면 모든 영양소가 아기에게 집중되는 것과 같은 이치다. 발아현미는 왕겨를 벗겨낸 현미에 적정한 수분, 온도, 산소를 공급해서 약간의 싹을 틔운 것이다.

모두가 알고 있듯이 콩, 보리, 현미 등의 곡물이 발아를 하게 되면 씨앗 상태와는 다른 영양소들을 포함하게 된다. 싹이 난 현미에는 비타민, 아미노산, 미네랄, 효소 등 우리 몸에 유용한 성분들이 생긴다. 이러한 영양소들은 몸의 자연 치유력을 높이고 성인병을 예방하며 몸의 독소를 씻어내는 해독작용을 한다.

그런데 우리 몸에 필요한 양의 미네랄을 음식을 통해 섭취하려고 한다면 어마어마한 양의 현미밥을 먹어야 한다. 비타민과 미네랄이 풍부하다고 소문난 포항초를 지금은 10단은 먹어야 예전에 1단 먹었을 때의 효과를 본다고 한다. 땅과 물 등이 50년 전과는 너무 많이 달라졌기 때문이다.

그렇다면 효과적으로 잘 먹는 방법은 없는 걸까?

슬로푸드를 먹는 것이다. 슬로푸드는 인스턴트식품이나 패스트푸드와는 반대의 개념으로, 시간과 정성을 들여서 조리한 음식이

166

다. 김치, 고추장, 된장, 청국장 같은 우리나라 고유의 발효식품들이 바로 대표적인 슬로푸드다. 발효식품이 면역기능을 높여주고 항노화에 탁월한 효과가 있다는 것은 이미 입증된 사실이다.

슬로푸드는 잃어버린 미각을 되찾고 우리의 건강을 지켜줄 것이다. 청춘을 연장하고 싶다면 슬로푸드를 먹어야 한다. 슬로푸드는 슬로우 에이지의 꿈을 이루게 한다.

나는 믿는다. 좋은 음식은 우리를 건강하게 하고 너그럽게 하고 서로를 사랑하게 한다는 것을. 좋은 음식은 우리의 몸과 마음을 함께 치유한다. 발효된 음식은 신이 인류에게 내린 축복이자 사랑이라고 생각한다. 그래서 우리 회사 직원들과 나는 이 사업이 사업이라기보다 우리 라이프 스타일을 업그레이드시키는 사명이라고 생각한다.

김여옥
고문을
만나다

　만남은 너무도 중요하다. 좋은 만남이 있고, 만남 때문에 힘들어지는 경우가 있으니 말이다. 그래서 나의 기도 제목은 언제나 좋은 만남을 갖게 해달라는 것이다. 아이들을 위한 기도도 마찬가지다. 좋은 친구, 좋은 선생님을 만나게 해달라는 거다. 그래서인지 나에게 지금까지 가장 큰 자산은 내가 만난 좋은 분들이다.

　살면서 어떤 한 사람과의 만남 때문에 인생이 바뀐 경우가 종종 있다. 아나운서를 그만두고, 모 기업에 부사장으로 근무할 때 만난 분이 김여옥 고문이다. 아나운서에서 일반기업 임원으로, 그리고 다시 CEO가 되기까지 나의 도전과 변화의 여정엔 그분이 깊게 자리하고 있다.

대학에서 작곡을 전공하고, 만난 지 다섯 번 만에 결혼식장에 들어가서 시작한 결혼, 그리고 평범한 주부로 있다가 아이 학원 하나 더 보내자라는 작은 소망으로 시작한 판매사원의 경험을 살려 국내 유수 기업의 영업 및 경영 컨설턴트로 나이 오십대 후반에도 맹활약하고 있는 분이다.

처음 김 고문을 만났을 때, 내 방 문을 열고 들어오던 모습이 아직도 생생하다. 겉으로 보기엔 너무나 평범하고 수수한 차림에 아줌마 같은 푸근한 인상이지만, 말을 쏟아내는 순간 그 안에 숨겨진 열정과 예리한 통찰력을 읽을 수 있었다. 김 고문은 현장 영업조직에 대한 코칭을 하는 게 주된 업무이긴 하지만, 뒤늦게 HRD(Human Resource Development)를 공부하고 기업의 인사 시스템 컨설팅을 하다 어려워진 한 기업을 마케팅, 영업현장, 인사까지 두루 코칭하면서 성공시킨 성과로 방문판매 업계에서 유명해졌다. 그러니까 평범한 주부에서 판매사원, 그리고 컨설턴트로서의 자기 변신과 도전에 성공한 것이다. 그가 훗날 이렇게 내 꿈을 구체적으로 실현시키는 데 중심 역할을 할 것임을 그 당시는 전혀 예상하지 못했다.

4년 전 미국으로 가기 전날 인사차 만나 밤 늦게까지 나눈 대화 속에서 나는 방문판매 회사의 부사장 자리에 있으면서 느끼지 못 했던 이 일의 가치를 느끼게 되었다. 미국에서 돌아온 후 새로운 회사에서 일하면서 나는 이 사업이 여자들에게 일자리를 주고, 그 들을 성장시킬 수 있는 교육과 커뮤니티가 가능하다는 매력에 푹 빠지게 되었고, 그때부터 내 마음속에 작은 씨앗이 심어지게 된 것 같다.

지금은 늘 부족한 부분을 메워주고 부드럽게 이끌어주는 멘토 관계가 되었다. 아마도 '김여옥'은 그때부터 정미정의 선생님이 된 것이다.

우리 회사 '이든네이처'가 탄생한 배경에는 김 고문의 역할이 매우 크다. 인생은 참으로 알 수 없는 것이, 내가 창업을 꿈꾸면서 처음에는 이든네이처를 생각하고 계획하지 않았다. 우리 회사의 창립현장 사장님들이 어떤 욕구와 애로를 김여옥 고문에게 의논 하고 코칭받는 가운데 우연히 내가 연결된 것이다.

우리는 나이 차는 거의 20년 가까이 나지만, 같은 여성으로서의 우정과 가정을 갖고 있는 엄마로서의 이해를 바탕으로 협력하고 이끌어주는 관계로서 서로 성장 욕구를 더 높은 차원으로 이끌어 가준다. CEO는 혼자 어떤 결정을 내리고, 조직을 이끄는 입장이 기 때문에 힘들고 고독한 순간이 있다. 그럴 때 누군가 코치 역할을 해준다는 것은 얼마나 행복한 일인가!

얼마 전 내가 회사 일로 고민하면서 허리까지 다쳐 힘들어 하고 있을 때 김여옥 고문의 메일을 하나 받았다.

리더는 남이 잘하게 하는, 조직의 힘이 발휘될 수 있도록 하는 사람이다. 초관리로 유명한 시간 컨설턴트인 윤은기 씨는 '자신의 힘만 쓰는 사람은 관리자에 불과하다'고 단정한다. 문제는 다른 사람을 움직이게 하는 일인데, 이게 그리 쉽지가 않다. 어찌 보면 끈질긴 지적 전투라고 할 수 있는 마음 전쟁이다. CEO의 권력을 이용해 몇 번 말하고 강조하지만 아랫사람들은 꿈쩍도 않는 경우가 태반이다. 그들이 알아서 움직여야 승리할 수 있는데도 말이다. 언제까지 아이의 손을 잡고 학교에 데려다줄 것인가. 혹시 귀머거리가 아닌가 하는 생각이 들 정도로 아랫사람들은 움직이지 않는다. 갈 길이 먼 입장에서는 마음이 급하고 발이 동동거려지지만, 움직이지 않는 아랫사람들을 언제까지 채찍과 명령으로 달리게 할 수 없는 일이다.

(중략)

일을 맡긴다는 것은 이처럼 어렵다. 쉬운 일이 아니기 때문이다. 승진한 사람은 맡은 분야의 일을 잘한 덕분에 신분 상승을 이룬 것이다. 당연히 아랫사람보다 일을 더 잘한다. 문제는 리더가 된 후다. 내가 하면 더 잘할 수 있다고 생각하는 순간 이런저런 코치를 하고 싶은 마음이 생긴다. 경우에 따라서 가르치는 것이 더 시간이 걸린다. 이럴 때는 혼자 해치워버리고 만다. 하지만 결과적으로 보면 그건 자살행위다. 부하들의 시행착오를 참아내지 못하면 본인의 성장은 물론 부하의 성장, 나아가 조직과 회사의 성장은 점점 멀어진다. 기다리면서 겪는 마음의 고뇌는 경영자라면 당연히 감수해야 하는 것이다.

— 《사장으로 산다는 것》 가운데

CEO는 외롭고 힘들때가 많다. 많은 걸 알고, 많이 고뇌하면서도 말과 행동을 아껴야 한다는 것, 수없이 직면하는 선택의 순간들과 책임 등. 그러나 그 길에 동행하는 멘토가 있고, 기꺼이 조언을 아끼지 않는 코치가 있기에 나는 행복한 CEO다. 주연을 빛나게 해주는 아름다운 조연자. 그분이야말로 진정한 리더이다.

살라, 오늘이 마지막 날인 것처럼

'언젠가 할 거면 지금! 누군가 할 거면 내가!'

기획자로 변신해 가수 비를 할리우드에 입성시킨 박진영 씨가 한 말이다. 직접 만난 적은 없지만 나는 박진영 씨의 열혈 팬이다. 단순히 노래가 좋아서 춤이 멋져서가 아니다. 박진영 씨는 가수이자 프로듀서이며 기획자인 동시에 제작자이다. 그야말로 요즘 유행하는 멀티플레이어다. '비'의 성공에 이어 국민 여동생이라 일

컬어지는 '원더걸스'의 광풍을 몰고온 박진영 씨는 로버트 라이시가 언급한 '기크(geek)'에 해당된다고 할 수 있다.

《부유한 노예》의 저자 로버트 라이시는 "미래의 '부유한 노예(그는 직장인을 이렇게 표현했다)'는 기크가 차지할 것이다."라고 예언한 바 있다. 괴짜 혹은 기인을 가리키는 속어 기크는 새로운 무언가를 발견하고 기쁨을 느끼는 사람들이다. 주로 음악, 디자인, 발명, 예술 등 창조적 분야의 일을 하며 언제나 새로운 걸 만들어서 끊임없이 사람들을 흥분시킨다.

박진영 씨는 죽은 뒤에 세인들에게 그저 '신나게 놀다가 죽은 딴따라' 정도로 기억되기를 원한다고 했다. 나도 내 안의 열정을 다 태우고 내 진짜 집에 잠을 자러 가듯이 그렇게 살다 가고 싶다. 살아 숨쉴 수 있는 동안 맘껏 누리고, 힘껏 일하고, 품껏 사랑하고 활짝 핀 꽃처럼 나를 피운 후에 원 없이 지고 싶다.

> 춤추라, 아무도 바라보고 있지 않은 것처럼
>
> 사랑하라, 한번도 상처받지 않은 것처럼
>
> 노래하라, 아무도 듣고 있지 않은 것처럼
>
> 일하라, 돈이 필요하지 않은 것처럼
>
> 살라, 오늘이 마지막 날인 것처럼
>
> — 알프레드 디 수지

내가 박진영 씨를 좋아하는 이유는 자신의 꿈에 온몸을 던지는 에너지와 결단력 때문이다. 우리가 동경하는 삶을 사는 사람들, 성공한 사람들은 무언가를 이루기 위해 결단을 하고 또한 그 대가를 치르기도 한 사람들이다.

누구든 원하는 걸 이루기 위해선 적절한 때에 적절한 결단이 필요하다. 결단을 내리고 나면 두려움에 맞설 용기가 생기고, 용기가 생기면 행동하게 되고, 행동하면 실패든 성공이든 결과가 있다.

중요한 건 스피드가 아니라 방향이다. 방향이 맞는지 확신하지 못하면 실행에 파워가 없다.

실패보다 나쁜 건 아무것도 시도하지 않는 거다.

이런 이야기가 있다. 어느 날 마귀들이 모여 회의를 열었다. 회의의 주제는 '어떻게 해야 인간을 타락시킬 수 있을까?' 하는 것이었다. 젊은 마귀 하나가 모조리 잡아다가 목을 베어 죽이자고 했다. 의장 마귀가 반대했다. 순교는 오히려 인간들에게 불 같은 신앙심을 불러일으킬 수 있다는 게 그의 생각이었다. 감옥에 가두자, 잡아다가 매질을 하자 등등 여러 의견이 있었지만 통과되지 않았다. 이미 시도해 본 마귀가 고난과 시련은 인간의 타락에 가장 결정적인 요소가 되는 건 아니더라고 충고했기 때문이다.

나이 많은 노련한 마귀가 말했다.

"인간들 스스로 죄를 짓게 합시다!"

다들 반색을 했고 그렇게 하려면 어떻게 해야 할지를 물었다. 의견을 낸 늙은 마귀가 능청스럽게 대답했다.

"뭐든지 하고 싶은 대로 하게 해줍시다. 기도, 사랑, 봉사, 희생……. 인간이 좋다고 생각하는 건 뭐든 막지 않고 다 하게 내버려두는 겁니다. 대신 딱 하나 조건을 붙입시다. 오늘은 말고 내일부터 하라고!"

마귀들은 희희낙락 만장일치로 회의를 끝냈다고 한다.

"언젠가는 할 거야!"

이건 병이다. '만성 언젠가는병.' 그 병에서 헤어나야 한다. 지금 하지 않으면 늦는다고, 지금 아니면 기회가 없다고 생각해야 한다.

삶의 물줄기를 과감하게 바꿀 결단이 섰다면 그걸 실행할 사람은 바로 당신이다. 약간의 용기와 할 수 있다는 자신감만 충전할 수 있다면 인생의 물길은 바뀔 수 있다.

바로 지금!

따뜻한
소통을
꿈꾼다

비즈니스의 대부분은 커뮤니케이션이다. 커뮤니케이션은 특정 목표를 갖고 사람과 소통하는 모든 것, 즉 언어(말과 글), 예술, 미술, 패션, 분위기, 느낌 등등 모든 것이다. 왜냐하면 우리를 둘러싼 모든 것은 자각하든 못하든 끊임없이 메시지를 만들어내고 있기 때문이다.

커뮤니케이션이란 메시지를 통한 사회적 상호 작용이라고 할 수 있다. 스티븐 코비가 말했듯이 소통은 인생을 살아가는 가장 중요한 기술이며, 성공한 사람들의 상당수는 사람에 대한 뛰어난 이해를 바탕으로 관계를 잘 맺는 사람들, 즉 '관계 맺기' 기술이 뛰어난 사람들이다.

최근 경영학의 트렌드에서 귀에 딱지가 앉을 정도로 자주 언급되는 게 리더십이다. 리더십에 대한 연구와 관심이 뜨거운 것은 그만큼 리더십이 중요하면서도, 성공적인 리더십의 구현이 또한 쉽지 않다는 얘기일 것이다.

나는 리더십의 핵심이 '소통' 이라고 생각한다. 비즈니스에서의 소통이 이익 실현과 직접적으로 연관되는 것을 많이 봐왔다. '소통을 잘하면 이익이 만들어진다.' 존 밀턴의 말인데, 우리 조상들은 이것을 더욱 피부에 와닿게 다음과 같이 표현했다.

'말 한 마디에 천 냥 빚을 갚는다.'

17~18세기 아메리카 인디언 부족 연맹체였던 이로코이 족들은 회의를 할 때 둥그렇게 앉아서 한 사람씩 돌아가면서 자기 의견을 말했다. 이때 그들은 대머리 독수리가 정교하게 새겨진 1.5미터짜리 지팡이를 사용했다고 한다. 즉 지팡이를 쥔 사람만 말할 수 있고, 그가 말하는 동안에는 누구도 말을 자르거나 끼어들 수 없었다. 모두 경청한다. 그의 발언이 끝나면 다음 차례의 발언자가 지팡이를 넘겨받는다. 이렇게 돌아가면서 의견을 말하고 그것을 들

는 동안 놀라운 일이 벌어진다. 부정적인 감정과 소모적인 논쟁이 사라지고 남의 의견을 존중하는 분위기 속에서 뜻밖의 창의적인 의견들이 나온다. 이로코이 족이 200년간 식민지 시대를 견뎌낼 수 있었던 것도 바로 이런 독특한 회의 문화의 힘이라는 것을 부정할 수 없다.

리더에게 가장 필요한 덕목도 남의 의견을 잘 듣는 것이다. P&G의 CEO인 A.G. 래플리는 회의 시간 중 3분의 2를 아예 '듣는 시간'으로 떼어놓고 남의 의견을 경청했다고 한다. 래플리가 그렇게 하게 된 데는 계기가 있었다. 2000년 P&G는 제약 사업에 진출하기 위해 워너 램버트와 아메리칸 홈 프로덕츠를 인수하려고 했지만 실패했다. 주식은 폭락했고 당연히 회사 브랜드 이미지는 크게 떨어졌다. 그러자 여기저기서 최고 경영자인 래플리를 비방하는 목소리가 높았다. 그는 분노하거나 변명하지 않았고 직원들을 모아 적극적인 대화를 시작했다. 그는 대화의 3분의 2를 남의 의견을 '듣는 데' 할애했다. 또한 직원들에게 가장 잘할 수 있는 일을 계속 하라고 주문했다. 당시 P&G는 15년 동안 단 1개의 히트 제품밖에 내놓지 못했지만 그는 억지로 신제품을 개발하라고 직원들을 내몰거나 강요하지 않았다.

그는 고객만족에 대해 생각했다. 소비자가 물건을 살 때뿐만 아니라 그 후에도 계속 감동을 받을 수 있기를 바랐다. 그래서 직원들이 사무실에서 서류를 들춰보거나 탁상공론을 하는 대신 고객의 가정을 직접 방문해 무엇이 필요한지 확인하도록 하였다. 팸퍼스 기저귀의 경우 양쪽 날개를 넓히고 흡수력을 높일 것, 10대 소녀들이 삽입형 생리대를 꺼린다는 것 등은 모두 가정 방문으로 얻은 아이디어였다. 새로운 제안과 아이디어는 제품에 반영되었고, 이후 회사는 성장가도를 달리게 되었다.

남의 의견을 많이 들어서 나쁠 것은 없다. 내 경우는 오히려 나와 다르게 생각하는 사람의 의견과 조언을 듣기 위해 일부러 찾아다니는 편이다. 별 것 아닌 이미지 로고 하나를 고를 때조차도 많은 사람들의 의견을 들어본다. 때로는 그 분야의 전문가나 관심을 갖고 있는 사람의 의견보다 그 계통에 문외한인 보통의 평범한 사람들의 의견에 더 집중한다. 왜냐하면 그들이 바로 우리 제품을 사줄 사람들이기 때문이다.

어떤 날인가 평소 허물없이 지내온 후배 하나가 나에게 진정 어린 충고를 던졌다.

"팔랑 귀 성향의 CEO는 카리스마가 없어 보인다구요!"

남의 말을 잘 듣는 것은 좋은데 카리스마가 없어 보인다고 하니까 살짝 기분은 언짢았지만 나는 그 충고를 참 고맙게 받아들였다. 누구든 나에게 충고를 해줄 수 있다는 게 좋았다. 그 충고가 좋은 참고가 되기는 했지만 지금도 여전히 나는 중요한 결정을 앞두었을 때 가능한 한 많은 의견을 구하며 특히 나와 다른 시각의 의견을 새겨듣는다.

제임스 서로위키의 《대중의 지혜》는 내가 아주 소중하게 간직하고 있는 책 가운데 하나인데, 시장과 사회를 움직이는 힘에 대해 관심을 갖는 사람에게 풍부하고 확실한 통찰을 제공한다.

일반적으로 사람들은 중요한 결정을 내릴 때 '보통 사람들의 상식은 거의 도움이 안 된다'고 생각하는 듯한데, 이 책은 그것이 틀렸다는 걸 다양한 사례와 논리적 분석을 통해 입증해내고 있다. 기업 운영이나 학문 연구, 정치, 경제 시스템 등의 문제해결 방안을 찾거나 현명한 의사결정을 내려야 할 때 또는 미래를 예측할 때(가장 어려운 일이다), 소수의 엘리트보다는 평범한 대중이 더 현명하다는 것이다. 이것은 이제까지의 통념을 뒤집는 일이지만 나는 참으로 공감한다.

나는 어떤 결정을 내릴 때, 패키지 구성이나 혹은 가격, 디자인적 요소 등 사소한 것까지도 대중적 지혜를 구하는 데 역점을 두고 있다. 그러다가 날 새겠다고 비웃음을 살 수 있지만 이것이 습관화되면 스피드가 생기고 매우 탁월한 결과를 얻는 체험을 할 수 있다. 기업의 소비자, 정치의 소비자는 모두가 대중임을 기억할 필요가 있다.

자사의 제품이 아무리 좋다고 떠들어도 소비자들은 내 옆사람이 그것을 갖고 있을 때 그 제품이 좋다고 보는 이른바 연쇄 파급 심리가 있다. 잘 모를 땐 사람이 북적대는 음식점을 찾아가는 것과 똑같은 원리다. 기업이 자기 소비자의 얘기를 잘 들어야 하는 이유가 바로 여기 있다.

남의 이야기 듣는 것을 좋아하는 사람들은 삶에 대한 자세도 열려 있다. 남의 이야기에 열중해 있는 사람들은 눈동자가 반짝반짝 빛난다. 막장에서 금광석을 캐내듯이 그들은 상대의 별 것 아닌 이야기에서도 대단한 아이디어를 찾아내곤 하기 때문이다. 《성경》에서도 듣기는 빨리 하고 말은 더디 하라고 말하고 있다.

누가 나를 팔랑 귀라고 하면 나는 반문한다.

팔랑 귀가 어때서? 팔랑 귀는 나를 늘 새롭게 하는 힘의 원천인걸!

스타일이
성공을
부른다

아나운서였다는 전직 때문인지 사람들로부터 '말 잘하는 비법'이 뭐냐는 질문을 받곤 한다. 나 스스로 달변이라 생각한 적은 없는데 상대가 들을 때는 다른 사람들과 다른 뭔가가 있다고 느끼는 모양이다. 아나운서니까 말을 잘할 것이다, 아나운서들은 다 말을 잘한다, 라고 생각하고 있다면 그거야말로 편견이다. 물론 갖고 있는 하드웨어(목소리)가 조금 나으니 그것도 복이라면 복이지만 목소리가 좋은 것과 말을 잘하는 것은 별개이다.

내 생각에, 가장 중요한 것은 '가지치기'이다. 생각의 가지를 치고 주변 정리를 한 후에 정리된 줄기를 가지고 말하는 것이다. 가장 중요한 말, 꼭 하고자 하는 말을 차분하게 말하는 습관을 갖는 게 중요하다. 남의 말을 듣고 논점을 잘 정리하는 사람들이 말도 잘한다. 핵심을 정확히 짚기 때문이다. 나는 성공적인 소통, 즉 성공적인 커뮤니케이션이란 상대가 원하는 걸 주는 것이라고 생각한다. 그것은 마케팅의 기본이기도 하다.

10분 이상 계속되는 전화는 의미가 없다고 한다. 중언부언이라는 것이다. 마크 트웨인은 간결함의 중요성을 이렇게 요약했다.

"설교가 20분을 넘어가면 죄인도 구원받기를 포기해 버린다."

지나친 요설은 듣는 이에게 피로감을 줄 뿐 아니라 밑천이 떨어졌다는 인상을 주어 신뢰감을 잃는다.

말하기의 최종 목표는 설득과 감동이다. 내가 전하고자 하는 바를 최대한 잘 전했을 때 상대는 설득당하고 감동한다. 설득과 감동을 이끌어내기 위해서 같은 내용을 여러 번 반복해서 말하거나 오랫동안 꾸준히 세뇌하는 것도 하나의 방법이지만, 오늘날에는 고객과 소비자의 체감 스피드가 매우 빨라졌다. 나는 많은 것을 말할 수 있고 얼마든지 반복할 준비가 되어 있지만 상대는 내 말을 끝까지 들어주지 않는다. 오죽하면 '엘리베이터 스피치'라는 말이 있을까. 엘리베이터를 타고 가는 동안 자신의 기획안을 정리해서 말하고 상대방으로부터 OK를 얻어내야 한다. 30초 안에 모든 걸 끝내야 한다는 얘기다. 구구하게 늘어놓을 여유가 없다. 핵심을 말하고 거기에 상대의 흥미를 끌어당길 만한 예화 하나를 곁들이는 동안 엘리베이터는 이미 도착해 있다.

기획서를 쓸 때도 마찬가지이다. 지루하고 늘어지는 기획서가 있는가 하면, 별 기대감 없이 읽기 시작했지만 빠져들게 만드는 기획서가 있다. 말하고자 하는 바가 명확하고 군더더기가 없는 기획서가 그렇다.

또 하나 잊지 말 것은, 같은 말이라도 정확한 발음으로 말할 때훨씬 전달이 잘 되고 상대방에게 신뢰를 준다는 사실이다. 비디오가 오디오를 죽였다고 하지만, 생활에서는 오디오도 아주 중요하다. 여자들은 후각에 더 민감하고 남자는 시각에 민감하다지만, 청각에는 남녀가 다 민감하다.

학창시절에 교수님 한 분은 출석 부를 때 학생이 "네" 하고 대답하는 것만 듣고도 학생의 성격을 알 수 있다고 하셨다. 네, 라는것은 겨우 한 음절이지만 그것만 들어도 학생이 어떻게 살고 있고앞으로 사회생활을 어떻게 하겠구나 하는 것까지 느껴진다는 것이 그분의 주장이었다.

살아 보니 그 말이 틀리지 않은 것 같다. 지금의 나는 처음 만난 사람일지라도 몇 마디 말을 주고받으면 곧 그 사람의 출생지, 교육 수준, 문화와 정서 등을 대강이나마 파악할 수 있다. 겉으로 드러난 옷차림보다 그 사람에 대해 더 정확히 알 수 있는 것은 언어 습관인 것이다.

말하는 습관을 개선함으로써 인생의 많은 것이 달라질 수 있다. 호감을 얻어 좋은 인연을 만날 수도 있고, 거래처와의 협상에 성공해서 신임을 얻고 승진을 하는 등 개인의 역사가 바뀔 수도 있다.

이미 굳어진 말버릇이라 할지라도 노력에 의해 얼마든지 고칠 수 있다. 나는 믿는다. 스타일은 저절로 얻어지는 것이 아니라 성취하는 것임을.

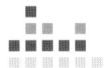

내 인생의
첫 멘토,
나의 어머니

　내가 어렸을 때 우리 어머니는 집을 지어서 파는 일을 한 적이 있었다. 먼저 우리 집을 지어서 모델하우스로 사람들에게 보여주고 다른 집들을 지어서 팔았다. 요즘 말하는 하우징 사업을 이미 30년 전에 시작하신 것이다.

　아버지가 선주였기 때문에 당시 우리 집은 먹고사는 것에 어려움이 없었다. 게다가 건축일이라는 것이 그 시절에 여자가 쉽게 할 수 있는 일은 아니었다. 그럼에도 어머니는 경험도 없는 그 일에 뛰어들었다. 무슨 배짱이었는지, 어린 마음에도 참 기가 막혔지만 어쨌든 어머니는 그 일을 시작했고, 반응도 좋았다. 사업은 계속 잘 되었다.

지금도 기억하는데, 우리는 집이 미처 완성되기도 전에, 심지어 화장실이 아직 만들어지지 않았음에도 입주해서 한 달 이상을 그 집에서 살았다. 다섯이나 되는 자식을 이끌고 시멘트 바닥에 벽지도 채 바르지 않은 거푸집 같은 곳으로 이사할 생각을 하다니…… 웬만큼 대담하지 않고는 생각도 못할 일인데 어머니는 아랑곳하지 않았다. 이상한 것은 식구들 중 아무도 그 상황을 불평하거나 탓하는 사람이 없었으며, 아직 전등이 달리지 않은 집에서도 우리 형제들은 명랑하게 잘 지냈다는 사실이다.

지금 생각하면 바로 이것이 어머니의 힘이 아닐까 싶다. 만약 어머니가 불안해하고 걱정이 많았다면 그것은 틀림없이 우리에게 전염되었을 것이다. 그러나 그럴 이유가 없었다. 어머니는 낙천적인 사람이었고, 어머니에게는 모든 일이 다 잘 되리라는 확고한 믿음이 있었다. 공사판 현장 같은 집에서 먹고 자고 학교를 다니면서도 우리 형제는 낭만적인 캠프생활을 즐기듯 티 없이 맑았고 하루하루 즐겁게 지냈다.

그런 가운데 우리는 어머니가 직접 인부들을 몰고 다니며 진두

지휘하는 모습을 볼 수 있었다. 평범한 옷을 입어도 왠지 세련되어 보이는 어머니는 현장소장처럼 작업복을 차려입고 선글라스까지 쓰고서 공사현장을 지켰다. 어머니가 지시를 할 때마다 복잡하게 느껴졌던 문제는 해결되었고 공사는 착착 진행되었다.

안 된다거나 힘들다는 말이 어머니의 사전에는 없었다. 지금도 마찬가지지만 어떤 일이든 하면 된다고 생각하면서 밀어붙이는 추진력은 누구도 따라갈 사람이 없다.

어머니는 최고의 집을 꾸미기 위해 일본에서 출간된 조경책까지 구해 왔다. 책을 들여다보며 갖가지 꽃나무와 화초를 열심히 연구했고, 어느 틈엔가 그걸 구해다가 직접 가꾸었다. 뿐만이 아니다. 연못을 만들어야겠다고 생각한 어머니는 우리에게 산에 가서 예쁜 돌을 주워오라고 시켰다. 그 시절만 해도 산에서 자연석을 가져오는 일이 흔했기에 가능한 일이었다. 아이들이 많은지라 얼마 지나지 않아 집 안에는 돌무덤이 생겼고 어머니는 계획대로 연못을 만들었다.

그렇게 해서 집이 완성되었다. 연못에는 물고기가 노닐고 화단엔 고급스런 자연석이 박혀 있는 그림 같은 집. 누구나 한 번쯤 꿈에 그려볼 성싶은 집이었다. 동네 사람들은 매일같이 집 구경을 왔고, 우리 집은 어느새 인근에서 유명한 집이 되었다.

생각해 보면 어머니는 따로 배운 바 없지만 미적 감각이 매우 뛰어났다. 사업 수완도 있었고, 여자라고는 도저히 생각지 못할 만큼 용기도 가상한 분이었다. 본격적인 사업가의 길로 나섰더라도 어머니는 충분히 성공했으리라는 생각이 든다.

현실에 안주하지 않고 자신의 미래를 개척해 나가려는 불굴의 의지는 어머니의 타고난 기질일 것이다. 자라면서 몇 번이나 들어 왔던 어머니의 가출기는 들을 때마다 나를 흥분시키곤 했다.

외할아버지는 배를 많이 소유한 선주였다. 부유한 집에 태어난 어머니는 초등학교를 다닐 때까지만 해도 가방 들어주는 머슴에 업고 다니는 하인까지 있었다고 한다. 어머니는 중학교를 졸업하고 도시로 공부하러 갈 꿈에 젖어 있었으나 부모님들은 아예 진학을 시키지 않을 작정을 하고 있었다. 당시 어른들은 딸을 도시로 유학 보내면 필시 인생을 망친다고 생각했던 것이다.

사실을 알게 된 어머니는 어느 날 몰래 집에서 도망쳐 광주에 있는 언니 집에 숨어 지내면서 광주여고 시험을 치렀다고 한다.

태풍주의보가 내려진 줄 모르고 배를 탔다가 죽을 뻔한 일이라든가, 서울에 몰래 대학 입학 시험 치르러 왔던 이야기는 스릴 만점의 인생 역전 드라마였다.

'와! 우리 엄마는 나보다 한참 어린 나이에 자신의 운명을 어떻게 만들어야 할지를 고민하고 부딪쳐 나갔구나…….'

어린 시절 어머니 얘기를 들을 때면 나는 유관순이나 잔 다르크를 떠올리곤 했다.

어머니는 당신이 못다 이룬 배움의 한을 딸들을 통해 풀고 싶었던지 딸들이 이화여대에 가기를 원했다. 여수에서 초등학교를 다니던 나를 서울로 유학 보낸 것도 그 때문이었다. 그 후 어머니는 여섯 시간 이상 걸리는 서울과 여수 사이를 오가며 두 집 살림을 해야 했지만 고단함을 내색하지 않았다. 밝은 표정에 경쾌한 말투, 씩씩한 걸음걸이는 어머니의 트레이드마크이며 지금도 변함이 없다.

어머니는 기회가 있을 때마다 항상 우리가 무엇을 해야 할지에 대해 말씀하시곤 했다.

"곧 니들의 세상이 온다. 여자라고 주눅 들어선 안 된다."

어머니의 이 말이 오늘의 나를 있게 한 것이 아닐까.

스스로를 격려하는 사람이 되자

　남에게는 후하면서 자기 자신에게는 인색한 사람들이 많다. 내가 나를 칭찬하는 데 인색하지 말자. 지나친 겸손이나 자신에 대한 홀대는 자아를 잃게 한다.

　어느 정도는 소위 '자뻑'이 필요하다. 자뻑이란 자기 자신에 대한 긍지와 자신감의 다른 말이기도 하다. 자신에 대한 긍지와 자신감이 없는 사람들은 늘 남의 것을 따라하고 추종하고 흉내내면서 세월을 보낸다. 자긍심과 자기 존중감이 높은 사람일수록 책임감이 높고 성취도 및 창의성이 뛰어나다.

　'이번 프레젠테이션 잘했어. 기대 이상이야.'

　때로는 거울 속의 자신을 보며 칭찬하라.

　스스로의 안목을 기르고 노력하는 자세도 중요하지만 내가 나를 칭찬하고 격려하는 것도 필요하다. 성취 결과에 따라 스스로에게 상을 주는 것도 좋다. '열심히 일한 당신 떠나라'와 같은 카피가 왜 나왔겠는가. 최선을 다해 열심히 일했으니 보너스로 자기 자신만을 위한 여행을 마련한다든지 자신을 위해 선물을 마련하는 것도 좋다. 좋아하는 사람과 근사한 곳에 가서 식사를 한다든지, 늘 쇼윈도 앞에서 바라보기만 했던 핸드백이나 꼭 갖고 싶었던 그림을 사서 자기 자신에게로 배달하라. 행복감과 성취감을 동시에 맛볼 수 있다. 나아가 그것은 새로운 에너지가 된다.

실패했을 때에도 마찬가지이다. 내 안의 나에게 끊임없이 위로를 보내라. 너는 최선을 다했다. 다만 상대가 더 잘했을 뿐이다.

잘했다. 괜찮다. 나는 내가 자랑스럽다.

이렇게 내 안의 나를 격려하면서 나는 스스로가 가치 있는 존재임을 느끼게 된다. 역경을 이겨낼 힘을 얻는다.

자기 존중감이 높은 사람일수록 어려움에 맞닥뜨렸을 때 지혜롭게 극복해 나간다.

내면을 아름답고 깨끗하게 지켜 그것을

내 딸에게 유전시키는 일, 그 꿈과 목표를 위해

오늘도 활기차게 문을 열어젖힌다.

5장

행복

세상의
중심은
나

자신의 온 에너지를 남편과 자식들에게 모두 쏟아 부으면서 늘 '나를 알아주는 사람이 없구나.' 하는 서운함을 느끼는 어리석음 보다 그 에너지를 자신을 위해 쏟는 게 정신 건강을 위해 좋다. '내가 죽으면 우리 집은, 남편은, 애들은 어떻게 될까……?' 이런 것은 생각만으로도 암에 걸린다. 일어나지도 않은 일을 미리 걱정할 이유가 없다. 우리가 하는 고민의 대부분은 걱정할 필요가 없는 것들, 걱정을 해도 소용없는 것이라고 한다.

이것은 어떤 대학의 연구팀에서 실제로 조사한 결과이다. 사람들이 하는 걱정의 40퍼센트는 아직 일어나지 않은 일에 대한 고민이었고, 30퍼센트는 이미 일어난 과거의 일에 대한 고민이었고, 12퍼센트는 대부분 쓸데없는 것에 대한 고민이었으며, 10퍼센트는 사소하고 시시한 고민거리였고, 4퍼센트는 자신의 힘으로 어쩔 수 없는 것에 대한 고민이었고, 4퍼센트는 정말로 걱정할 만한 고민이었다고 한다.

결국 우리가 하는 고민의 96퍼센트는 걱정할 필요가 없는 것들이었다.

인간은 행복해지기 위해 산다. 가족은 행복해지려고 모인 사람들이다. 행복이 목표인 공동체가 서로에게 상처가 되어서는 안 된다. 나의 희생으로 가족이 행복할 거라는 생각은 버려라. 남편은 내가 언제까지고 기댈 수 있는 사람이라는 생각도 버려라.

남편에게 친구이자 동업자 같은 아내가 되라. 아무리 부부라 하더라도 자기만의 길, 마이웨이가 있는 법. 자신의 에너지는 자신을 위해 써야 한다.

가족은 나를 다 망가뜨리고 소진시키면서 지켜야 하는 공동체는 아니다. 내가 행복해야 가족 공동체도 지킬 수 있다.

행복해지는 방법은 간단하다. '싱글의식'을 갖는 것이다. 혼자서도 잘 지낼 수 있다고 스스로에게 세뇌하며 또 그것을 학습해야 한다. 혼자서는 절대 음식점에 들어가서 밥을 사먹지 못하는 사람들이 있다. 혼자서는 절대 영화관에 가지 못하며, 혼자 여행을 떠나는 일은 불가능하다고 믿는 사람들이 있다.

영화관에 혼자 가는 게 어때서? 어디든 혼자 갈 수 있다. 당신도 할 수 있다. 무엇이든 혼자 할 수 있다. 이런 생각을 하면 마음이 편해진다. 연연하고 안달하던 마음이 사라진다. 강해지고 자유로워진다. 자립이 가능한 사람이라야 자존이 있고 자족도 있다.

내가 단단하게 서 있어야 한다. 내가 중심축이 되어야 한다. 내가 행복해야 한다. 그러면 아이들이나 남편과의 관계도 건강해진다. 요즘 모 CF '되고송' 패러디는 들을수록 마음에 든다.

빨래 힘들면 도우미 쓰면 되고~

시댁 갔으면 친정 가면 되고~

남편 전화 없으면 그냥 자면 되고~

내 편한 생각대로 하면 되고~

당신의
마음을
청소하라

'시크릿' 돌풍이 불고 있다. 인간의 마음속엔 누구나 자기를 초월한 절대자, 우주의 근원과 만나고 싶은 열망이 있다. 외국의 트렌드 연구가들에 의하면 앞으로의 세상은 영성의 시대라 한다.

영성이란 굳이 말하자면 스피리추얼(spiritual), 즉 정신이나 이성을 뛰어넘는 그 이상의 진리를 추구하는 것과 관련이 있다. 자아실현의 욕구가 인간의 최고위 욕구 단계라고 한다면, 영적인 것을 추구하는 건 인간의 심오한 본성에 닿아 있는 근원적 욕구이다.

기훈련 명상과 뉴에이지 운동에 군이 심취까지는 아니더라도, 종교단체에서 하는 침묵 프로그램에 참여해 참다운 휴식을 하는 사람들이 늘어나고 있다. 그리고 그런 휴식 프로그램의 핵심 테마는 '비움'이다.

자기애가 강한 사람은 뭔가를 쉽게 버리지 못한다. 변화를 싫어하고 비워내는 일에 익숙지 않다. 버리는 연습이 안 되면 뭘 버려야 할지 몰라 마냥 싸안고 살게 되는데, 그러다 보면 나중에는 자포자기하고 고인 물처럼 썩어버린다. 그건 자기애가 아니다. 자기학대다.

이런 사람에게 비워내는 훈련은 반드시 필요하다. 일단 주변을 돌아보고 일주일에 한 번은 꼭 버릴 걸 찾아내서 버리는 것이다. 그것만 해도 괜찮다. 사람이 살아야 할 비싼 공간을 가구나 쓰레기에 넘겨주고 사는 건 아닌지 돌아보길 바란다.

버리는 일의 좋은 점은 있어야 할 것이 제자리를 찾는다는 것이다. 버리면서 내 안의 잡념들도 비워진다.

우리 안엔 쓸데없는 게 너무 많다. 비우지 않으면 새로운 게 들어갈 저장 공간이 없다. 새로운 게 없으니, 나에게서 새로운 게 나올 수 없다. 아웃풋(output)이 있어야 인풋(input)도 있는 법. 컴퓨터 안의 휴지통을 일정 기간이 지나면 비우듯이 당신의 저장 공간도 비워줘야 한다.

'생각의 트로이 목마(완전히 틀에서 벗어난 창의적 발상)'를 강조한 번트 슈미트 교수. 그가 제안한 아이디어 발굴 방식 중 기존 전략에 대한 '옷 벗기기(stripping)'가 있다. 그는 습관적으로 껴입은 옷들을 과감히 벗어버리라고 제안한다. 내가 말한 '비우기'와 같은 맥락이다. 창의적 발상, 혁신적인 생각을 이끌어내기 위해서는 먼저 비워야 한다.

'이전에 성취하지 못한 것을 얻기 위해서 당신은 완전히 새로운 사람이 되어야 한다.'

실패학의 선구자 브라이언 트레이시가 한 말이다. 스스로를 비우기 위해 자신만의 일정한 의식을 가져보는 것도 좋은 방법이다. 일주일에 한 번 정기적으로 산에 간다든지 종교단체를 찾는다든지 명상훈련에 참여하는 것이다. 나쁜 기억과 부정적인 시각을 버리고 스스로가 빈 공간이 되어 돌아오면 적어도 새로운 일주일은 완전히 새로운 사람이 될 수 있다.

우리의 감정은 주변의 환경, 불필요한 잡다한 정보, 비교의식 때문에 나쁜 찌꺼기가 생겨난다. 감정의 나쁜 찌꺼기는 부정적인 생각을 낳는다.

오지 여행가에서 요즘은 〈월드비전〉이라는 구호단체에서 일하는 한비야 씨. 그의 경험담은 내게 깊은 인상을 남겼다.

사람들을 돕기 위해 아프리카에 갔으나 굶는 사람들이 너무 많아서 그들 모두에게 일일이 식량을 다 나눠줄 수가 없었다고 한다. 할 수 없이 어떤 마을에는 식량 대신 씨앗을 심어주었다고 한다. 그것조차도 다 해줄 수가 없어 일부 마을에만 씨앗을 심어주고 돌아왔다.

일 년 후 한비야 씨는 다시 그곳에 가게 되었다. 놀라운 일이 그들을 기다리고 있었다. 지난해에 씨앗을 심어주고 온 마을에서는 한 명도(!) 굶어 죽지 않은 반면, 씨앗을 심어주지 않은 옆 마을에서는 20명이나 굶어 죽었더라는 것이다.

두 마을의 상황은 같았다. 다 똑같이 굶어야 하는 처지였다. 그런데 씨앗을 심은 마을에서는 한 사람도 죽지 않고, 씨앗을 심지 않은 마을에서는 많은 사람이 죽었다.

사실 씨앗을 심은 마을도 그게 열매를 맺어서 반드시 그들의 식량이 되어줄 거라는 확실한 보장은 없었다. 하지만 구호단체에서 씨앗을 심어주고 온 마을 사람들에게는 씨앗을 심었다는 사실이 그들로 하여금 배고픔을 견뎌내게 했다는 얘기다.

사람에게 희망이라는 것은 이렇게 놀라운 것이다. 기적을 부르는 힘이다. 좋은 생각, 희망적인 생각을 하는 게 이래서 중요하다. 반대로 나쁜 말, 부정적인 말, 불운을 부르는 말은 우리에게 그만큼 나쁜 기운을 불러일으킨다고 볼 수 있다. 이런 말들은 아예 입에 올리지 말아야 한다.

때때로 부정적인 말들로 표현되는 감정의 찌꺼기들을 과감하게 청소하라. 비워진 내 안을 '잘 될 거야', '넌 참 대단해', '곧 괜찮아질 거야' 등 스스로를 일으켜 세우는 희망의 감정들로 채워라.

웜 브레스트
WARM BREAST
운동

웜 브레스트(warm breast)란 말 그대로 '따뜻한 가슴'이란 뜻이다.

나는 다시 태어나도 여성으로 태어나고 싶다. 그것은 여성이 갖고 있는 따뜻한 가슴 때문이다. 누군가를 품을 수 있는 넉넉한 품, 자녀를 키워낸 어머니의 가슴.

우리는 모두가 누군가의 엄마이며, 누군가의 딸이다. 어머니가 차려준 따뜻한 밥상과 사랑이 지금 우리를 만들었다. 세상을 따뜻하게 하는 건 이 땅 위의 모든 어머니들이 있기 때문이다. 이제 우리의 품을 넓혀 엄마를 필요로 하는 아이들에게 기꺼이 엄마가 되어줄 때이다. 할머니 할아버지와 손자들만 있는 조손 가정이나 형편상 부모가 신경을 쓰지 못하는 아이들이 많다. 거창하게 생각할 필요는 없다. 우리가 잘할 수 있는 일이면 충분하다. 반찬도 해주고 공부도 봐주고 철 바꿔 장롱 정리, 집안 청소 등 얼마나 많은가. 또 자기 몸을 소중하게 해야 하는 이유 등 올바로 크도록 아이에게 잔소리도 할 수 있다.

일하는 엄마로서 철따라 옷을 제대로 챙겨 입히는 것도 쉽지 않다. 가장 기초적인 먹는 것부터가 문제다. 위생 상태는 더더욱 말할 필요가 없다. 할아버지 할머니의 보살핌을 받더라도 나이 드신 분들이라 세심한 곳까지 아이들을 살피기가 어렵다.

내 아이에게 모든 걸 다 준다고 해서 잘 크는 게 아니다. 오히려 아이들은 타인을 돌보는 봉사를 통해 정신적으로 건강하게 성장하고 좋은 인격을 가질 수 있게 된다.

나는 웜 브레스트 운동을 우리나라의 모든 여성들에게 퍼뜨리고 싶다. 조금만 관심을 갖고 돌아보면 엄마가 없어서 외로운 아이들이 많이 있다. 내 아이만 아니라, 남의 아이도 소중하다는 것, 한국 어머니들의 가족 이기주의는 우리 아이들이 살아갈 세상이 더 안전한 곳이 되기 위해서라도 반드시 극복되어야 한다.

205

기대를
버리고
쿨하게

하루에도 몇 번씩 남편에게 전화를 하고 끊임없이 뭔가를 요구하는 아내들. 그런 아내에게 시달리는 남자들은 아내들이 불만스럽다. 이 여자는 내가 없으면 어떻게 살까 걱정되는 한편 짜증스러워진다는 것이다.

나 역시 마찬가지였다. 남편한테 의지하고, 뭐든 같이 해주기를 바라고, 내가 하는 만큼 남편도 성의를 보이기를 기대했다. 그러나 남편은 거기에 동조하지 않았다. 싸우고 조른다고 해서 남편의 성격이 달라질 거라고 생각하지 않았다. 사람 성격은 하루아침에 바뀌는 게 아니라는 것을 나는 일찌감치 알았기 때문이다.

내가 마음을 바꿨다.

여자들의 문제는 그것이다. 내가 남편(남편을 둘러싼 모든 것을 포함)에 올인하는 만큼 남편도 나에게 올인해주기를 바라는 것. 기대가 있으면 반드시 실망도 있기 마련. 내가 하는 것만큼, 혹은 그 반의 반만큼도 남편이 성의 표시를 하지 않으면? 나는 그가 야속하다. 밉다. 원망스럽다.

예컨대, 내가 맞벌이를 해서 가정 경제에 이바지하고 있으면 남편도 반드시 가사를 분담하기를 바라고, 내가 시댁에 며느리로서 하는 만큼 남편은 친정에서 싹싹한 사위가 되어주기를 바란다. 내가 아이에게 엄마로서 하는 것만큼 남편도 아빠 노릇을 해주길 바라는 생각.

그러나 남편들은 언제나 그런 기대에 미치지 못한다.

"내가 언제 하라고 해서 했느냐?"

"싫으면 너도 하지 마라."

"생색내면서 나한테 피곤하게 요구하지 마라……."

이것이 일반적인 남편들의 입장이다.

이렇게 말하는 남편들 앞에서 여자들은 억울하다. 그동안 손해 보는 장사를 한 것 같아 인생이 아깝다.

이제라도 늦지 않았다. 기대를 버려라. 남편이 그렇게 하지 않겠다는데 계속 같은 소리 늘어놓으면서 징징거리고 있을 이유가 무엇인가. 나도 나 나름대로의 살 길을 도모하는 게 옳지 않은가.

가사 분담을 해줄 사람이 필요하다면 전문 도우미를 써라. 시댁이건 친정이건 내가 할 수 있는 만큼만 해라. 뭐든 손해 나지 않는 만큼만 하라.

남편에게 지나치게 에너지를 쏟을 때 남편은 오히려 피곤해 한다. 그 어떤 관계보다 편안하고 뜨거워야 할 부부가 한쪽은 피곤해하고 한쪽은 불만이 가득하다면, 그리하여 남편들이 갈 곳을 못 찾고 술집에서 생전 처음 보는 여자에게 외로움을 호소하며 시간을 보내고 있다면 이것이야말로 주객이 전도된 것 아닌가.

남편에게 에너지를 쏟을 때는 잘 때만으로 족하다.

잘 때는 뜨겁게 일어나서는 쿨하게!

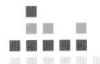

성적보다,
행복한 아이로
키워라

나는 우리 딸 친구들 사이에서 '엽기 엄마', 학부모들 사이에선 '대충 엄마'란 별명을 갖고 있다. 왜냐하면 일단 공부 닦달을 하지 않기 때문이다. 그리고 아마 엄마들이 꿰고 있는 학원 정보나 입시 전략이 나에겐 전무하기 때문이다. 내가 할 수 있는 것만 해주고 나머지는 스스로 알아서 해야 한다는 게 내 생각이다. 밖의 일 때 문에 어쩔 수 없는 노릇이기도 하지만······.

모두가 공부하겠다고 달려드는 판에 더 잘하는 것, 남들보다 조금 더 잘하는 게 뭔지, 정말 행복한 일이 뭔지 고민하라고 시간 날 때마다 얘기한다. 아직까지 맞는 얘긴지 모르지만, 적어도 세상의 한가운데서 내가 본 세상은 그렇게 변해가고 있다.

나는 딸에게 체력이 성적보다 중요하기 때문에 늘 일찍 자라고 강조한다. 체력이 형성될 청소년기에 잘못된 라이프 스타일은 평생 건강을 망칠 수 있다. 아이들은 꿈도 꾸어야 하고 맘껏 자기 몸을 움직여야 조화롭게 성장한다. 어렸을 때 꿈도 꿔보지 못한 아이들은 큰 일을 해내기 어렵다는 게 내 지론이다.

세계적인 창조적 CEO 스티브 잡스는 사과 농장집 아들이다. 그는 어린시절 늘 사과를 따며 공상에 잠겼고, 그래서 나중에 회사 이름까지 '애플'이 되었다. 오죽하면 매킨토시(우리말로 국광, 사과의 한 종류)라는 브랜드까지 만들었을까! 생각해 보라. 우리나라 컴퓨터 회사가 이름이 '고추'이고 브랜드가 '청양고추'쯤 된다면 얼마나 우스꽝스러울까. 하지만 애플이란 브랜드는 지금 전 세계 사람들에게 사과처럼 상큼하고 톡톡 튀는 기술을 제공하는 디지털 아이콘이 되지 않았는가.

그러나 지금 우리 아이들은 상상력을 제한받는 환경과 기계적 사고를 요구하는 시험과 공부에 철저하게 순응해 가고 있다. 몸과 마음이 부조화가 되면 불안증과 신경질, 강박증, 과민증, 우울증

등 정신병에 노출되기 쉽다. 우리가 돌봐줄 수 없는 세상에서 그들이 이 사회의 일원으로, 건전한 사회인으로 과연 살아갈 수 있을까. 엄마들은 교육의 목표를 전투에서 살아남는 자로 키우는 것에만 둘 게 아니라, 낙오되어도 행복하게 자기를 관리하고 사랑하는 법을 가르쳐야 하며, 타인과 더불어 잘 사는 법을 가르쳐야 한다. 아이를 건강한 사회의 독립된 일원으로 살게 하는 것이 교육의 목표가 되어야 한다.

나는 아이와 만나는 시간이 절대적으로 부족하기 때문에 해줘야 할 얘기와 읽어보라고 권하는 신문기사나 책을 메모해서 전달한다. 잔소리할 틈이 없다. 오랜만에 만나니 서로 만나면 반갑다. 아프지 않고 학교 잘 다녀주는 것만으로도 고마운데, 자기 일 자기가 알아서 하는 버릇이 일찌감치 만들어져 시스템화되어 있다고나 할까.

공부는 준비이고, 시험은 대학을 가기 위해서라기보단 무한경쟁 사회에서 적응하기 위한, 자기절제 자기통제 능력을 키우는 연습임을 알려줘야 한다.

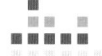

경청,
문제 해결의
지름길

얼마 전 외신에 의하면 일본에서는 고교 입시에서 '국어 듣기' 평가를 채택하는 학교가 늘고 있다고 한다. 교육 현장에서 '남의 말을 듣지 않는 학생이 늘고 있다'는 위기의식이 높아지자 일본 정부는 제대로 된 국어 교육을 위해서는 듣기 능력이 중요하다고 보고 이를 위해 듣기 평가를 넣었다는 것이다.

혹자는 "왜 갑자기 듣기인가?"라고 물을지 모른다. 그러나 '듣기' 야말로 교육의 기본인 동시에 핵심이라고 본다.

나는 바쁜 시간을 쪼개어 큰아이와 조카, 조카의 친구를 모아 주말마다 논술을 가르치게 되었다. 아직 자신의 생각이 정립되지 않은 아이들에게 오로지 이건 맞고 저건 틀렸다는 식의 이분법적 논리와 문장의 첨삭에만 열을 올리는 논술학원들의 지도 방식이 성에 차지 않았기 때문이다.

교사는 아이가 스스로의 생각이나 관점을 잘 숙성시켜서 밖으로 꺼낼 수 있도록 도와주면 된다.

사고력을 숙성시키기 위해서는 마음을 열고 귀를 열고 남의 말을 잘 듣는 것부터 시작해야 한다. 듣고, 다른 사람의 생각을 이해하고, 또 자신의 생각도 정리하여 표현할 줄 알아야 한다.

그런데 우리 아이들은 다른 사람의 말을 듣는 것에 익숙지 않았다. 아이들만이 아니다. 어른들도 경청이 안 되는 사람들이 의외로 많다. 나이가 들수록 남의 말을 끝까지 듣는 것에 인색하다.

모두가 아는 바와 같이 로마는 신들의 나라였다. 30만이나 될 만큼 신이 많았던 사회였으니 당연히 부부 싸움 전담 신이 없을 리 없다. 부부 싸움을 담당한 신은 비리프라카 여신이었다. 이 여신의 부부 싸움 해결 비법은 무엇이었을까.

네가 옳으니 내가 옳으니 하면서 치고받고 싸우다가 그래도 끝나지 않으면 부부는 비리프라카 여신이 있는 사원으로 달려갔다. 부부는 돌아가면서 여신에게 자신의 억울함을 호소했다. 이때 반드시 지켜야 할 규칙이 하나 있다. 남편 혹은 아내가 여신에게 호소하는 동안 상대방은 절대로 말하지 말고 잠자코 듣기만 할 것!

로마에는 로마법이 있듯이 비리프라카 사원에는 이것이 절대 법칙이었다. 상대방이 얘기할 때는 무조건 잠자코 들어야 했다. 일이 어떻게 될까. 양쪽이 호소를 되풀이하는 동안 흥분했던 목청은 조금씩 가라앉을 것이다. 가만 들어보니 내가 오해를 하고 있었다든가, 상대의 주장에도 일리가 없지 않음을 깨닫게 되기도 하고……. 듣는 동안에 들끓던 분노가 차차 식었을 것이고 이성을 되찾은 것이다. 얼마 후 부부는 어깨를 끌어안은 채 사원을 나왔을 것이다(그러나 이렇게 해도 안 되면 그땐 어쩔 수 없으니까 이혼하라는 것이 비리프라카 여신의 판정이란다).

상대의 말을 경청하는 것이 문제 해결의 지름길이라는 이 발상이야말로 얼마나 지혜로운가. 모든 길이 로마로 통하고, 로마가 그토록 거대한 문화를 향유할 수 있었던 까닭을 나는 알 것도 같다.

듣기는 때로 그 사람의 인간적 성숙도를 말해주기도 한다.

우월적 지위에 있다고 생각되는 사람이 그렇지 않은 사람의 얘기를 잘 듣는 것이 얼마나 가능할까. 자기에게 도움이 된다고 생각하면 모를까 아랫사람의 얘기를 잘 듣는 경우는 매우 드물다.

《포춘》은 10명의 미국 대기업 CEO를 대상으로 '리더의 조건'에 관한 심층 인터뷰를 실시한 결과, '듣는 능력'이 리더의 성패를 좌우한다고 보도했다.

잘 듣는다는 것은 무엇일까. 어떻게 하는 게 잘 듣는 걸까.

지금 내 앞에 놓인 상황에 최대한 집중하는 것이다. 잘 듣기 위해서는 먼저 나를 비워야 한다. 편견과 예단은 금물이다. 그것은 빠지기 쉬운 함정이다. 우리는 상대방의 말을 끝까지 다 듣기 전에 함부로 예측하거나 미리 규정 짓는 것을 가장 경계해야 한다. 섣부른 판단으로 모든 것을 포기하거나 가능성을 닫아버리는 건 너무나 어리석은 일이다.

오늘 내게 도움이 안 되는 고객일지라도 내일 나에게 어떤 도움을 줄지 모른다. '어느 구름에서 비가 내릴지 모른다'라는 미국 속담을 나는 좋아한다. 인생이 살 만한 이유도 그런 것이 아닐까.

늙어서
섹시한
여자가 되라!

알타이 신화에는 재미있는 이야기가 전해 내려온다. 사실 인간은 원래 겉과 속이 뒤집힌 존재라는 것이다.

태초에 신이 사람의 형상을 다 빚은 다음 숨을 가지러 하늘로 잠깐 올라간 사이 마귀가 못된 짓을 하고 달아났다. 사람 몸에 온통 똥칠을 해놓은 것이었다. 돌아온 신은 더럽혀지고 구린내 나는 이 인간덩어리를 어찌할까 고민하다가 할 수 없이 안팎을 뒤집어놓고 숨을 불어넣었다. 그래서 인간은 겉보다 속이 더 더럽다는 것이다.

"어머나, 세상에, 피부가 어쩜 그렇게 고우세요?"

이런 인사가 최고의 찬사가 되는 요즘이다. 너도나도 피부 고민이 대세다. 화장품도 음료수도 얼굴을 얼마나 예쁘게 만들어주느냐가 아니라 얼마나 깨끗하고 환하게 만들어주느냐 하는 마케팅에 매달리고 있다.

세대를 달리하면서 미인의 기준은 수시로 바뀌지만, 절대 변하지 않는 불변의 미인 원칙이 있다. 피부 미인이 최고 미인이라는 원칙이다.

나이 한창일 때야 옷발이며 화장발이 많은 것을 감추어줄 수 있다. 하지만 나이 들어 뭣으로도 연륜을 감출 수 없을 때 가장 빛이 나는 게 피부 미인이다. 그럼 그건 어떻게 지키면 되는 건데?

공기나 먹을거리 탓도 있겠지만 가장 큰 원인은 내면에 있다. 어떻게 마음을 먹느냐, 어떻게 살아왔느냐는 위장 장애만 좌우하는 게 아니다. 잘 살아온 사람, 속이 편안하고 깨끗한 사람은 안광이 다르다는 말이 있는데, 눈빛이 다르다는 건 곧 얼굴빛도 다르다는 얘기다.

외모가 지저분하고 더러운 것은 씻으면 그만으로 남에게 폐가 되지 않지만, 마음이 고약하고 더러운 것은 뭇사람들에게 폐가 된

다. 폐가 될 뿐만 아니라 고통을 주고 슬픔과 절망으로 몰아넣기도
한다.

밖에서 사람의 몸 안으로 들어가는 것은 사람을 서서히 더럽힌
다. 그러나 사람 안에서 나오는 것들은 사람을 한순간에 파괴해 버
린다. 도둑질, 살인, 탐욕, 악의, 사기, 시기, 중상, 교만, 어리석
음……

나는 한때 명품에 집착했다. 쇼핑 중독에 가까울 만큼 물건에
욕심을 내던 그 시절에 나는 명품 사 모으는 것이 취미이자 목표였
다. 언젠가는 오리지널 대신 전문가도 가려낼 수 없을 만큼 진짜와
흡사한 짝퉁에 솔깃하기도 했었다. 하지만 어느 순간 회의를 느꼈
다. 거리에 차고 넘치는 명품, 보여지는 것들 사이에 진짜와 가짜
차이는 종이 한 장 정도도 아닐 수 있구나, 하는 깨달음을 얻은 것
이다.

그 후 나는 마치 해방된 노예처럼 물건에서 완전히 자유로워졌
다. 내 삶의 지향점이 달라지기 시작한 것이다.

그런 면에서 얼마 전 대만 총통으로 당선된 마잉주 총통의 부인
인 저우 여사를 떠올리지 않을 수 없다. 단발머리에 화장기 없는
맨 얼굴, 반지나 목걸이도 없고 대개 청바지나 검은색 바지에 수수
한 재킷 차림인 저우 여사. 차림만 본다면 누가 총통의 부인으로
짐작할까 싶을 만큼 소박하고 평범해 보이지만 만나본 사람은 누

구나 겸손과 겸양의 덕을 지닌 부인을 흠모하고 칭찬한다.

남편이 장관, 타이베이 시장, 제1야당 총재 등으로 승승장구해 오는 동안에도 그녀는 절대 나서지 않고 뒤에서 묵묵히 그를 지원해 왔다. 검소한 생활과 절약이 몸에 밴 그녀는 공직자 가족으로서의 특권의식을 철저히 배제해 온 것으로도 유명하다. 손만 내밀면 얼마든지 호사를 누릴 수 있는 위치지만 그런 것에 연연하지 않는다. 시장통에서 살 수 있는 옷을 걸치고도 우아한 카리스마를 빛내며 최고의 향기가 뿜어져 나온다. 그녀 자신이 명품이다.

나에게도 꿈이 있다. 그 꿈을 이루기 위해 돈을 많이 벌고 싶다.

내 목표는 '어머니가 없는 아이들의 어머니'가 되는 것이다.

가난하고 소외된 계층의 사람들은 아무에게도 질문을 받아본 적이 없다고 한다. 누구도 그들의 삶에 대해서는 관심이 없는 것이다. 보살핌이라는 서비스는 그들을 빗겨간다.

냉정하게 보면 먹고사는 문제는 사실 어른들의 문제다. 최소한이지만 생계 지원을 받을 수도 있고 움직일 수 있으면 품팔이, 일용직이라도 해서 살 수 있다. 그러나 아이들에게 필요한 건 먹고 입는 것만은 아니다.

여름이 다 되어가는 계절에 겨울 옷을 입고 다니는 아이들, 눈이 오는 영하의 날에도 얇은 비닐 점퍼를 입고 다니는 아이들…….
제 철에 맞는 옷을 챙겨주는 어머니가 없는 아이들이다. 당장 끼니를 해결하기 위해 아이를 방에 가둬두고 일을 나가는 엄마를 누가 비정하다고 매도할 수 있을까?

주변의 여성들과 연대하여 그 아이들에게 어머니가 되어주는 운동을 하는 것, 이것은 나의 꿈이자 목표이다.

동지가 되어줄 사람들은 많다. 나와 함께 일하는 사람들은 얼마든지 그 일을 함께 하겠노라고 한다. 방문판매라는 조직망을 가지고 있는 우리에게 여성의 연대는 그리 어려운 일이 아니다.

나는 늙어서 정말 아름다운 여자가 되고 싶다. 저 여자, 참 멋지게 늙었다는 얘길 듣고 싶다.

내가 생각하는 진화는 바로 이런 것이다.

내면을 아름답고 깨끗하게 지켜 그것을 내 딸에게 유전시키는 일, 그 꿈과 목표를 위해 오늘도 나는 활기차게 문을 열어젖힌다.

"저 할머니, 참 명품이다!"

그런 얘기를 듣고 싶은 나는 정말 욕심쟁이인지도 모른다.

성공을
부르는
말을 하자

'에너지 너는 나의 에너지……'

요즘 유행하는 노래다. 그렇다. 사람도 에너지고, 노래도 에너지고, 말도 에너지다.

아침에 무심코 라디오를 틀었는데 거기서 흘러나온 노래를 하루 종일 흥얼거리는 경우가 있다. 노래의 분위기에 따라 신나기도 하고 우울해지기도 한다. 우연히 듣게 된 아침의 노래 한 소절이 하루를 결정하는 것이다.

　나만 그럴까. 아침부터 누군가에게 잔소리를 들으면 기분이 언짢아지고 일이 잘 풀리지 않을 때가 있다. 그런가 하면 아침에 들은 칭찬을 시작으로 좋은 일이 연이어 일어나는 날도 있다.

　말에는 에너지가 있다. 소리를 구성하는 음파는 다름 아닌 공기를 통과하는 에너지의 파장이다. 사람의 감정은 그 파장의 지배를 받게 되어 있다. 나를 둘러싼 환경, 즉 아침에 제일 먼저 들었던 노래나 기쁜 소식, 칭찬은 우리를 지배하게 되어 있다. 우리가 긍정의 노래, 희망의 노래를 불러야 하고, 밝고 좋은 인사말을 나눠야 하는 이유는 바로 이 때문이다.

　내 자동차의 CD 박스에는 회사 사가, 비전송, 군가 분위기의 도전적인 노래들이 있다. 나는 그런 노래를 들으면 의지가 새로워지고 없던 의욕도 마구 생겨난다.

　당신이 날마다 부르고 듣는 노래가 무엇인지 잘 생각해 보라.

　당신이 즐겨 쓰는 말은 어떤 것들인지 돌아보라.

　내가 즐겨 쓰는 단어는 희망, 비전, 꿈, 기쁨, 행복, 풍요, 도전, 변화……. 그런 것들이다. 나는 일부러라도 그런 말들을 더 많이 쓰려고 노력한다.

　지금의 내 모습은 어린 시절 주위 사람들로부터 들어온 말에 의해 만들어졌다.

나는 촌년이다. 바닷가에서 물고기 배를 타거나 부둣가에서 낚시를 하거나 산에서 토끼를 쫓으며 어린 시절을 보냈다. 햇빛에 부서지는 파도를 보면서 금가루를 뿌려놓았다고 믿었던 때가 있었고, 굴 가공공장에서 버린 굴 껍질에 붙은 살을 먹기 위해 껍질더미를 헤집고 다니던 시절이 있었다. 그것들은 모두 어린 날 나로도에서의 내 소중한 추억이다.

조금만 기상 변화가 있어도 발이 묶이는 섬. 그곳은 물이 흔치 않아서 빗물 한 방울도 모아두어야 했다. 늘 부지런히 손을 놀려야만 삶이 가능했다. 섬의 제한적 자연 조건은 여자들을 강하게 만들었고, 나 역시 자연스럽게 섬 여자의 기질을 물려받았다. 하춘화나 문주란의 모창이 유일한 문화였던 그곳에서 나는 강인하고 제멋대로 자란 것 같다.

나는 오랫동안 세상의 중심이 여수라고 생각했고, 내가 내 삶의 유일한 주인공이라고 믿어왔다. 내가 제일 힘들어 하는 것이 조연이다. 이것은 나의 장점이자 단점이다.

너는 보통 애가 아니야. 남과 달라. 넌 반드시 뭔가 해낼 거다. 주위 사람들이 나에게 뿌린 이런 말들이 나를 키웠고, 나는 정말로 뭔가를 이루어내야 할 것 같았다. 일종의 피그말리온 효과를 본 셈이다.

한 사람의 운명은 말에서 시작된다고 해도 과언이 아니다. 그래서 성공하고 싶다면 즐겨 쓰는 말부터 바꾸어야 한다. 물론 나는 아직 성공하지 않았다. 성공이란 하나님이 주신 자신의 재능을 다 발휘해야 얻어지는 결과라고 믿기 때문이다.

다만 나는 성공을 향해 끊임없이 변화하고 노력하며, 어려움이 있을 때마다 금방 툭툭 털고 일어나려는 의지가 있다. '어떻게든 될 거야, 잘 될 거야'라고 긍정적인 마인드로 재무장하는 힘. 그건 내가 어릴 때부터 '넌 뭐든 해낼 거다'라는 말의 에너지를 많이 듣고 자랐기 때문이다.

말의 에너지는 상대를 무장해제시키기도 한다. 감동을 주고 생각과 행동을 변화시킨다. 대뇌학자들의 연구에 의하면 말은 인간의 뇌세포에 98퍼센트 정도의 영향을 미친다고 한다. 누군가의 말 한마디로 인생의 중요한 결정을 바꾸기도 하고, 책상 앞에 붙여놓은 좋은 글귀 하나를 매일같이 봄으로써 인생을 성공적으로 이끌어가기도 한다.

아이에게 무심코 내뱉은 말, 아침에 동료에게 한 첫마디, 엘리베이터에서 만난 사람에게 던진 당신의 한마디는 그 사람의 하루를 지배하고 어쩌면 일생에 영향을 줄 수도 있다.

인디언 속담 중에 '같은 말을 만 번 반복하면 그것은 꼭 이루어진다.'라는 말이 있다.

말은 마법과 같은 것이며, 우리는 막강한 파워레이저들인 셈이다. 말은 우리의 생각을 만들어가고 몸을 지배한다. 그러므로 이왕이면 플러스 암시를 주는 말을 하자. 성공을 부르는 말을 하자.

말은 우리의 잠재의식 속에 뿌려진 씨앗이다. 우리 마음속을 채우고 있는 부정적인 말들을 과감히 몰아내고 예쁘고 건강한 씨앗을 심어야 한다. 행운의 꽃을 피워줄 희망의 씨앗!

내일 아침 첫 번째 마주친 사람에게 이렇게 말을 건네보면 어떨까?

"오늘 당신에게 성공의 냄새가 납니다. 좋은 일이 생기겠는걸요."

실천이 몸에 배도록 하라

"언젠가는 할 것이다. 언젠가는……."

우리들 중에는 '언젠가는병'에 걸린 사람들이 많다. 언젠가 할 거라면 지금 하라. 누군가 할 일이라면 당신이 나서서 하라.

당신이 동경하는 삶을 사는 사람, 성공한 사람은 무언가를 이루기 위해 반드시 결단을 내렸고, 때에 따라서는 그에 맞는 대가를 치른 사람이다.

당신이 삶의 주인공이 되어야 한다고 생각하라. 지금 갖고 있는 것을 놓칠 것이 두렵다면 그 두려움에 맞설 용기를 달라고 간청하라. 당신이 간절히 바라고, 거기에 당신의 생각을 집중하면 반드시 응답이 있다.

모든 것에는 때가 있다. 만날 때와 헤어질 때, 모일 때와 흩어질 때, 나설 때와 물러나야 할 때……. 원하는 걸 이루기 위해서는 반드시 결단이 필요하고, 그러기 위해서 당신은 힘(에너지)이 필요하다.

당신 스스로 어떠한 감정 상태를 만들기로 결단하고 나면 두려움에 맞설 용기가 생긴다. 용기가 생기면 행동하게 된다. 행동하면 실패든 성공이든 결과가 있다.

당신이 아무것도 하지 않는 이유는 무엇인가. 시도조차 하지 않고 결과부터 두려워하기 때문이다. 《연금술사》에서 코엘료도 또한 그것을 지적했다.

'꿈을 이루지 못하게 하는 것은 오직 하나, 실패할지도 모른다는 두려움이다.'

내 안의 열정을 남김없이 태우리라

2002년까지 나는 아나운서였다.

당시 나는 결혼한 아줌마 아나운서였음에도 젊은 아나운서 못지않게 의욕적으로 일했다. 〈도전 주부가요스타〉, 〈독점여성〉 같은 인기 프로그램을 맡아 했고 나름대로 인지도도 있는 편이었다고 자부한다. 그런데 일에 매진하는 가운데 문득 뒤를 돌아다보면 아직 대중에게 확실한 나의 색깔로 어필하지 못한 내가 보였다. 내 진가가 채 발휘되지 못하고 있다는 아쉬움 속에서, 내 끼가 방송에서 다 보여지지 못하는 이유가 단순히 캐스팅 미스라고 생각하던 때도 있었다. 그럴수록 더 열심히 했다.

그래도 마음 깊은 곳에는 채워지지 않는 근원적인 갈증이 있었다. 나는 카메라와 같은 기계보다 사람들과 더불어 자유롭게 얘기하는 것이 좋았다. 지금 알고 있는 것보다 더 많은 세상을 알고 싶었다. 내가 잘할 수 있는 일, 좋아하는 일을 하고 싶었다. 일에 대한 갈증이 생기자 방송국이 내겐 너무 좁았다.

그냥 머무를 것이냐, 뛰쳐나갈 것이냐…….

결단을 내려야 했다.

세상은 넓고 할 일은 많다. 그냥 머무르기보다 나는 일단 나가서 부딪쳐 모험을 해보기로 결단했다. 만약 내가 그곳에 그냥 머물렀다면 지금쯤 나는 어떤 모습으로 어떤 길을 가고 있을까? 어쨌든 사람은 성질대로 사는 모양이다.

회사를 그만두고 퇴직금을 탄 날, 나는 그 돈으로 차를 바꾸었다. 꼭 사고 싶었던 차를 산 것이다. 차가 나오던 날 나는 하루 종일 달렸다.

나무와 구름과 멀리 보이는 섬들, 그리고 나를 친구 삼아 나에게 앞으로 무엇을 해야 할지를 물었다.

몇 달 동안은 기회를 달라고 기도했다. 그런데 전혀 뜻하지 않게 예상치 못했던 곳에서 연락이 왔다. 곧 나는 여성 직원이 많은 한 회사의 부사장으로 일하게 되었다. 그것이 비즈니스 세계로 내

디딘 나의 첫 걸음이었다.

물론 나는 경영에는 문외한이었다. 하지만 걱정하지 않았다. 모르기 때문에 읽고 또 읽었다. 많은 사람들을 만났다. 가장 중요한 열쇠는 직원들이 쥐고 있다고 믿었다. 칼리 피오리나가 말한 것처럼, 문제는 언제나 현장의 직원들이 더 많이 알고 있다. 경영자는 그들이 결단하지 못하는 문제에 대해 객관적인 답을 주고, 함께할 수 있도록 장을 펼치기만 하면 된다.

모든 것에는 때가 있다. 만날 때와 헤어질 때, 모일 때와 흩어질 때, 나설 때와 물러날 때……. 지난해 겨울 직원 순회 교육을 위해 KTX를 타고 부산 등 지방을 부지런히 오가던 무렵 나는 많은 생각을 했다. 그리고 이제야말로 내가 새롭게 움직여야 할 때라고 결론지었다. 내가 늘 생각해 오던 '언젠가는'이 바로 지금이라는 것을 깨달았던 것이다.

나에게 '언젠가는'이라는 것은 창업이었다.

나는 그것을 오랫동안 꿈꾸어왔고, 이제야말로 원하는 걸 이루기 위해서 고통스러운 결단이 필요하다고 생각했다. 일단 결단하자 두려움에 맞설 용기가 생겼다. 늘 그렇듯 용기는 나로 하여금 행동하게 만들었다.

내 주변에는 나를 가리켜 성공한 사람이라고 칭하는 이들이 있다. 그들이 어떤 관점에서 그렇게 말하는 것인지, 나의 어떤 면을 보고 그렇게 말하는 것인지 나는 잘 모른다. 그들과는 별개로 내 생각을 말하자면 나는 한 번도 내가 성공한 사람이라고 생각한 적이 없다.

내가 생각한 성공은 내가 가지고 있는 재능을 아낌없이 다 쓰는 것이다. 내가 생각하는 성공은 내가 가진 열정을 남김 없이 다 쏟아 부어서 원하는 것을 성취하는 것이다. 그런 관점에서 본다면 나는 이제 겨우 첫 발짝을 떼었을 뿐이다.

그렇다. 성공을 향한 나의 역사는 이제부터 시작이다.

나는 나의 운명을 깨우듯이 힘찬 발걸음으로 내 앞의 세계를 향해 나아간다. 나를 기다리고 있는 더 나은 미래를 위해 나는 끊임없이 변화하고 노력할 것이다.

그리고 모든 일이 다 잘 될 것이다.

정미정이 제안하는 21세기 여성의 에너지

진화

초판 1쇄 인쇄 2008년 9월 9일
초판 1쇄 발행 2008년 9월 16일

지은이 | 정미정
펴낸이 | 한 순 이희섭
펴낸곳 | 나무생각
편집 | 정지현 이은주
디자인 | 노은주 임덕란
마케팅 | 나성원 김종문
관리 | 김훈례

출판등록 | 1998년 4월 14일 제13-529호
주소 | 서울특별시 마포구 서교동 475-39 1F
전화 | 02-334-3339, 3308, 3361
팩스 | 02-334-3318
이메일 | tree3339@hanmail.net
홈페이지 | www.namubook.co.kr

ISBN 978-89-5937-156-3 03810